唐宋史料筆記叢刊

賓退録

〔宋〕趙與旹 著
齊治平 點校

中華書局

圖書在版編目(CIP)數據

賓退録/(宋)趙與旹著;齊治平點校. —北京:中華書局,2021.7(2025.8 重印)
(唐宋史料筆記叢刊)
ISBN 978-7-101-15259-3

Ⅰ.唐… Ⅱ.①趙…②齊… Ⅲ.筆記小説-小説集-中國-宋代 Ⅳ.I242.1

中國版本圖書館 CIP 數據核字(2021)第 131595 號

責任編輯:蔡鵑名
責任印製:陳麗娜

唐宋史料筆記叢刊
賓 退 録
〔宋〕趙與旹 著
齊治平 點校
*
中 華 書 局 出 版 發 行
(北京市豐臺區太平橋西里 38 號 100073)
http://www.zhbc.com.cn
E-mail:zhbc@zhbc.com.cn
北京新華印刷有限公司印刷
*
850×1168 毫米 1/32 · 7¼印張 · 2 插頁 · 133 千字
2021 年 7 月第 1 版 2025 年 8 月第 3 次印刷
印數:4001-4600 册 定價:39.00 元

ISBN 978-7-101-15259-3

目録

前言

宋朝結束了五代混亂的局面，偃武修文，加上其他種種原因，國勢因以不振，而經濟、文化則比較發達，在理學、文學、史學、藝術等方面都取得了較高的成就。一時作者蔚起，不僅文人學士，並驅争先；甚至一些皇室貴族，也斐然有所著述，見稱於世。其中尤以趙令畤所著侯鯖録及趙與旹所著賓退録最爲有名，都是宋人筆記中的上乘之作。

趙與旹字行之，一字德行，南宋末人，是宋太祖趙匡胤的七世孫，寶慶進士，官麗水丞。生平事迹詳趙孟堅所作墓誌銘（見本書附録三四庫全書總目）。所著尚有甲午存稿，當是作者的詩詞小集，惜已亡佚，惟賓退録流傳至今。前人稱此書「包羅今古，抉隱發微，有耆儒碩生所未及」；又説它「可爲夢溪筆談及容齋隨筆之續」，甚至以爲「宋人雜説之最佳者」。從這些評論中，我們可以瞭解此書的價值。

趙氏是一位有愛國思想的人。書中贊揚岳飛，揭露秦檜。對於王明清所記宗澤把定武蘭亭石刻進獻宋高宗一事，他認爲「宗忠簡守汴，日夕從事戰守，且其天資剛正」，絶不會「爲人主搜羅玩物于艱難之時」。而對於孫覿所作莫儔墓誌中同情投降派、誣蔑抗戰派的論調則斥爲「欺天」「誺墓」，善惡混淆。這些都表明了他的正義感和明辨是非的批判態度。另外，他詳考古代有「霜儉」「霜旱」之説，認爲也「必有蠲租故事」，因此他主張遇到此種災情，有司應該奏明朝廷，援例蠲免租賦，以補救民間因自然災害所受的損失與苦難。他還贊頌宋高宗建炎三年詔除金銀、匹帛、錢穀，餘悉罷貢，是「盛德事」。這些在封建剥削制度下，不過是一些小恩小惠，但趙氏能留意及此，可見他還是比較關心民間疾苦的。在本書陳宗禮的序中載有趙氏的一首絶句，認爲如使蘇軾見之，定當稱許他「真知秋陽」，意思是説他能「不錮於富貴，知田野之勤約」。這話也可作爲旁證。

以上略引賓退録數則，説明作者具有進步的思想傾向。至于此書的價值，則尤在其保存和提供了許多可貴的文史資料以及精確考訂等方面。

作者熟於兩宋典章制度及遺聞軼事，故所記述，如數家珍，翔實可信。徵引他人著作，往往以類相從，羅列衆説，而有所抉擇。如卷七歷引四朝國史、東都事略及陸九淵王荆公祠堂記等關于王安石的評論，而獨詳引陸記並稱其「議論尤精確」。這不但爲我們提供了一些政治史料，而且反映了作者本人及南宋人對新舊黨争、熙寧變法的見解。又如卷三論漢世錢重，考歷代酒價，記浮梁、潯陽産茶變遷，以及書末綜録元豐九域志所載當時歲貢，都是經過整理的經濟史料。卷二所引晁説之李之才傳及卷九所引沈作喆韋應物傳，則是兩篇哲學家和文學家的傳記。凡此皆有助於後人研究探討。其中韋應物唐書無傳，沈作喆補傳頗爲詳備。而沈氏著作散佚，惟寓簡僅存，又不載此傳，若非賓退録轉載此篇，則不但沈氏稽考之功泯没無聞，我們今天也無從見到這份相當完備的文學家傳記了〔一〕。李之才傳雖現存晁説之的嵩山集中，但此書似無刻本，在四部叢刊續編影印舊鈔本問世之前，一般人不易見到。因此本書保存資料之功，亦當予以重視。

趙氏讀書勤奮而細心，著述態度矜慎，故四庫提要稱此書「惟論詩多涉迂謬，於吟咏之事茫然未解；至於考證經史，辨析典故，則精核者十之六七」。今觀書中，「參會衆説，芟繁撮要」，以明定武蘭亭流傳本末；歷舉周宣王失德，以證其不足當「中興賢君」之目；詳考古代漏刻之數，以駁正董彦遠、朱熹注韓詩「百二十刻須臾間」之非；根據算術，訂夢溪筆談刻本所注數字之訛；據靖州圖經以證杜詩之「白小」即「魚菜」；據宣州土宜，以正任注山谷詩「春綱薦琴高」之疏；據漢書揚雄傳以辨容齋三筆「（劉）歆嘗從揚子雲學作奇字」之誤。他如對「陽秋」「木稼」「分疏」「科頭」「親家」「小妻」「不耐煩」「無萬數」，以及「得隴望蜀」「洗脚上船」等詞語的考證，都是原原本本，殫見洽聞。而辨正戰國策鮑注東西二周之舛謬，尤爲精核。清代何焯云：「録中此條爲最善，出草廬吴氏之先也。」肯定了本書作者是最早發現並解決了該問題的人。

趙氏爲楊簡門人，屬于理學家一流，對於文學批評似非所長，但説他「論詩多涉迂謬，於吟咏之事茫然未解」，則未免太過。他本人有甲午存稿，可知他曾從事詩詞創作；又本書有他所輯的詩評，又可見他曾留意於文學理論及批評。當時有人論杜詩，以爲其妙處在於一句能説四、五件事，能説半天下、滿天下。趙氏駁他説：「以此論詩，淺矣！杜子美之所以高於衆作者，豈謂是哉？若以句中事物之多爲工，則必皆如陳無己『桂椒柟櫨楓柞樟』之句，而後可以獨步，雖杜子美亦不容專美。若以『乾坤日夜浮』爲滿天下句，則凡句中言『天地』『華夷』『宇宙』『四海』者，皆足以當之矣，何謂無也？」（詳見卷十）從這裏更可看出他持論閎通，並不「迂謬」。不過他囿於宋人「以議論爲詩」的風氣，又站在理學家的立場，對邵雍的詩採録最多，津津樂道，甚至認爲「古今詠史詩，求其議論精當，康節先生題淮陰侯廟十篇，可以爲冠」。而何焯於此條下則評云：「如此惡詩，何以載爲？」這説明清人與宋人論詩見解大不相同。這雖和文學批評上的唐、宋門户之見有關，但邵雍之詩，在宋詩中亦非高格，趙氏推崇過當，墮入「理障」而不解「理趣」，這也是無庸諱言的。提要之譏，或由於此。

趙氏此書雖以考訂精核著稱，但也難免有疏誤之處，前人已經指出者，此不具論。如考「木稼曾聞達官怕」之語，引漢天文志云云，實漢書五行志文；謂嶺表録異中「瓿」字不見於字書，引説文「甌瓿謂之瓿」云云，實爾雅釋器文；又考「十齋日」引唐會要武德二年正月二十四日詔中有「永爲常式」四字，今本無之，蓋讀書眼滑，誤將下文至德二年十二月敕中語，竄入武德二年詔中。凡此雖皆微誤，合爲訂正。至於顔淵爲地下修文郎條，迹涉迷信；又如考城隍、記酒令等，連篇累牘，煩瑣可厭，在今天看來，未免太不惜筆墨了。

我所見到的此書刻本，主要有兩個系統：一是南宋臨安府睦親坊南陳宅經籍鋪本（或稱宋書棚本，今簡稱宋本）；一是乾隆十七年存恕堂仿宋本。此外尚有學海類編本及明鈔本一種，清鈔本三種。書棚本似爲今世僅存之宋本，江陰繆氏對雨樓本、吴興張氏擇是居本、古書叢刊本皆從此出（貴池劉世珩玉海堂仿宋本，未見，疑亦出此）。存恕堂本所仿宋本今不可考，但從字體及異文來看，知其與書棚本絶非一本。兩本各有短長，可以互勘。至於學海類編及明、清鈔本，則介於兩本之間，文字或同宋本，或同存恕堂本，偶有異文，亦多訛誤，在校勘上用處不大。因此，這次點校本書，即以存恕堂本爲底本，以宋本對校，以其他各本作爲參考。凡賓退録所引各書，今尚存者，均儘量檢核原文，審其異同，悉心勘正。經過這次整理，本書當可成爲現有諸本中最爲完善之本。但由於點校者學識水平所限，難免有不足之處，敬希讀者不吝指教。

一九八一年八月齊治平記

注釋

〔一〕後世學者如余嘉錫、陳沆等對沈氏韋應物傳有所辨正，詳見本書附録。

自序

余里居待次，賓客日相過，平生聞見所及，喜爲客誦之。意之所至，賓退或筆於牘，閲日滋久，不覺盈軸。欲棄不忍，因稍稍傳益，析爲十卷，而題以賓退録云。

賓退録卷第一

1 王建以宮詞著名，然好事者多以他人之詩雜之，今世所傳百篇，不皆建作也。余觀詩不多，所知者如：「新鷹初放兔初肥，白日君王在内稀。薄暮千門臨欲鎖，紅妝飛騎向前歸。」「黄金捍撥紫檀槽，弦索初張調更高。盡理昨來新上曲，内官簾外送櫻桃。」張籍宮詞二首也。「淚盡羅巾夢不成，夜深前殿按歌聲。紅顔未老恩先斷，斜倚熏籠坐到明。」白樂天後宮詞也。「閑吹玉殿昭華管，醉折梨園縹蔕花。十年一夢歸人世，絳縷猶封繫臂紗。」杜牧之出宮人詩也。「紅燭秋光冷畫屏，輕羅小扇撲流螢。瑶堦夜月涼如水，坐看牽牛織女星。」杜牧之秋夕詩也。「寶仗平明秋殿開，且將團扇暫徘徊。玉顔不及寒鴉色，猶帶昭陽日影來。」王昌齡長信秋詞也。「日晚長秋簾外報，望陵歌舞在明朝。添爐欲爇熏衣麝，憶得分時不忍燒。」「日映西陵松柏枝，下臺相顧一相悲。朝來樂府歌新曲，唱著君王自作詞。」劉夢得魏宮詞二首也。或全録，或改一二字而已。王平甫謂：「館中校花蕊夫人宮詞，止三十二首夫人親筆，又别有六十六篇者，乃近世好事者旋加搜索續之，語意與前詩相類者極少，誠爲亂真。世又有王岐公宫詞百篇，蓋亦依託者。」

2 洪文敏容齋隨筆論「禹稷躬稼而有天下」，謂：「禹未嘗躬稼，因稷而稱之。」余按書：「禹曰：『暨稷奏庶艱食。』」則嘗躬稼矣，洪偶未之思也。

3 詩眼云：「晏叔原見蒲傳正云：『先公平日小詞雖多，未嘗作婦人語也。』傳正云：『「緑楊芳草長亭路，年少抛人容易去。」豈非婦人語乎？』晏曰：『公謂「年少」爲何語？』傳正曰：『豈不謂其所歡乎？』晏曰：『因公之言，遂曉樂天詩兩句，蓋「欲留所歡待富貴，富貴不來所歡去」。』傳正笑而悟。」余按全篇云：「緑楊芳草長亭路，年少抛人容易去。樓頭殘夢五更鐘，花底離愁三月雨。無情不似多情苦，一寸還成千萬縷。天涯地角有窮時，只有相思無盡處。」蓋真謂「所歡」者，與樂天「欲留年少待富貴，富貴不來年少去」之句不同，叔原之言失之。

4 紹興三十二年五月甲子，降旨建儲。宰相陳康伯折簡禮部侍郎吕廣問，密議典禮。時上正祀黄帝，廣問爲初獻官，周必大以御史監祭。廣問語必大〔二〕：「皇太子改名，從火從華。」必大謂：「與唐昭宗諱字同音，可乎？」廣問亟告康伯，取旨别擬定，乃用今諱。

5 紹興癸丑，岳武穆提兵平虔、吉羣盜，道出新淦，題詩青泥市蕭寺壁間云：「雄氣堂堂貫斗牛，誓將直節報君讎。斬除頑惡還車駕，不問登壇萬户侯。」淳熙間，林令梓欲摹刻于石，會罷去，不果。今寺廢壁亡矣。其孫類家集，惜未有告之者。

6 蘭亭石刻，惟定武者得其真。蓋唐太宗以真跡刻之學士院。朱梁徙置汴都。石晉亡，耶律德光輦而歸。德光道死，與輜重俱棄之中山之殺胡林。慶曆中，爲土人李學究所得。韓魏公索之急，李瘞諸地中，而别刻以獻。李死，其子乃出之。宋景文公始買置公帑。榮芑云：「宋景文帥定日，有學究李姓者藏此石〔二〕，死于妓家。樂營將何水清得之以獻。宋留之公庫。」姚令升云：「有遊子攜此石走四方，最後死于中山營妓家。伶人孟水清取以獻。」周承勛希稷云：「唐太宗既得蘭亭序真跡，使趙模等摸搨，以十本賜方鎮。惟定武用玉石刻之。文宗朝，舒元輿作牡丹賦，刻之碑陰，世號定武本。」蔡絛云：「定武本，乃江左所傳晉會稽石也。錢氏歸版圖之後，定武有富民好事者，厚以金帛從會稽取之，而藏于家。後户絶，貲没縣官，人始見之，因置諸定帥之便坐壁間。」熙寧間，薛師正向爲帥。其子紹彭又刻别本留公帑，攜古刻歸長安。王厚之順伯云：「紹彭竊歸洛陽。」周希稷云：「薛帥求之不得。其猶子紹彭，聞公廚有石，用以鎮肉，取視之，乃刻牡丹賦于碑陰者。遂别刻石，易以歸長安。」袁説友起岩云：「薛師正至定，惡摹打有聲，自刊别石，留譙樓下，以應求者。其子紹彭，又私摹刻，易殺胡林本以歸。」蔡絛云：「熙寧中，孫次公侍郎帥定，有旨取其石納禁中，則又刻石而還之壁。後薛向來定，遂取以歸。世但謂石歸薛氏，然不知雅非古矣。」大觀中，榮芑、王厚之、王明清、周承勛，皆曰宣和。詔取置宣和殿。王明清云：「向次子嗣昌，獻于天上。徽宗命龕置睿思東閣之壁。」明清之父銍則云：「置之艮嶽瑪瑙亭。」蔡絛云：「大觀初，祐陵方尚文博雅，詔索孫次公所納石刻，則無有。或謂此石已殉裕陵，乃更取薛氏石入御府。」〔三〕靖康之變，虜襲以紅毯輦歸。榮芑云：「宋定國嘗從使虜，云：石今在中京。」王明清云：「靖康之亂，凡尚方珍異之物，悉爲羣胡輦去，獨此石虜所不識，遂棄不取。建炎初，高宗駐蹕廣陵。宗澤居守東都，見之，遣騎疾馳進行在所。未逾月，狄復南寇，大駕幸浙，失于倉猝之際。紹興中，向子固帥維揚，密旨令搜訪，竟不獲。」今東南諸刻，無能彷彿者。天台桑澤卿世昌編蘭亭博議一書，甚詳。與旹參會衆説，芟繁撮要，記其本末如此。所取何子楚薳之辭居多，諸説之異同者，則附著其下。雖未能定其孰是孰非，然薛師正長安人，王順伯謂其攜以歸洛；宗忠簡守汴，日夕從事戰守，且其天姿剛正，王仲言謂其爲人主搜羅玩物于艱難之時，皆不敢謂然。開元九年置朔方節度〔四〕，自是始有方鎮，周希稷所云，乃是全不知有史策，若謂太宗分賜諸郡，猶可也。夫以一石刻之微，而言人人殊，莫能定于一，然後知考古之難也。

7「林靈素，初名靈噩，字歲昌。家世寒微，慕遠遊。至蜀，從趙昇道人數載。趙卒，得其書，秘藏之，由是善妖術，輔以五雷法。往來宿、亳、淮、泗間，乞食諸寺。政和三年，至京師，寓東太一宫。徽宗夢赴東華帝君召，遊神霄宫。覺而異之，敕道録徐知常訪神霄事跡。知常素不曉，告假。或告曰：『道堂有温州林道士，累言神霄，亦作神霄詩題壁間。』知常得之，大驚，以聞。召見，上問有何術。對曰：『臣上知天宫，中識人間，下知地府。』上視靈噩風貌如舊識，賜名靈素，號金門羽客、通真達靈元妙先生。賜金牌，無時入内。五年，築通真宫以居之。時宫禁多怪，命靈素治之，埋鐵簡長九尺于地，其怪遂絶。因建寶籙宫、太一西宫，建仁濟亭，施符水，開神霄寶籙壇。詔天下：天寧觀改爲神霄玉清萬壽宫，無觀者，以寺充。仍設長生大帝君〔五〕、青華大帝君像。上自稱教主道君皇帝。皆靈素所建也。靈素被旨修道書，改正諸家醮儀，校讎丹經靈篇，删修注解。每遇初七日升座，座下皆宰執、百官、三衙、親王、中貴，士俗觀者如堵。講説三洞道經，京師士民始知奉道矣。靈素爲幻不一，上每以『聰明神仙』呼之。御筆賜玉真教主、神霄凝神殿侍宸，立兩府班。上思明達后，欲見之，靈素復爲葉静能致太真之術，上尤異之。謂靈素曰：『朕昔到青華帝君處，獲言「改除魔髠」，何謂也？』靈素遂縱言佛教害道，今雖不可滅，合與改正：將佛刹改爲宫觀，釋迦改爲天尊，菩薩改爲大士，羅漢改尊者，和尚改德士，皆留髮頂冠執簡。有旨依奏。皇太子上殿争之，令胡僧一立藏十二人，并五臺僧二人道堅等，與靈素鬬法。僧不勝，情願戴冠執簡。太子乞贖僧罪。有旨：胡僧放；道堅係中國人，送開封府刺面決配，于開寶寺前令衆。明年，京師大旱，命靈素祈雨，未應。蔡京奏其妄。上密召靈素曰：『朕諸事一聽卿，且與祈三日天雨〔六〕，以塞大臣之謗。』靈素請急召建昌軍南豐道士王文卿，乃神霄甲子之神，兼雨部，與之同告上帝。文卿既至，執簡敕水，果得雨三日。上喜，賜文卿亦充凝神殿侍宸。靈素眷益隆。忽京城傳吕洞賓訪靈素，遂捻土燒香，氣直至禁中。遣人探問，香氣自通真宮來。上亟乘小車到宮，見壁間有詩云：『捻土焚香事有因，世間宜假不宜真。太平無事張天覺，四海閑遊吕洞賓。』京城印行，遶街叫賣。太子亦買數本進。上大駭，推賞錢千緡，開封府捕之。有太學齋僕王青告首，是福州士人黄待聘令青賣，送大理寺勘招：待聘兄弟及外族爲僧行，不喜改道，故云。有旨斬馬行街。靈素知蔡京鄉人所爲，上表乞歸本貫。詔不允。通真有一室，靈素入静之所，常封鎖，雖駕來亦不入。京遣人廉得，有黄羅大帳，金龍朱紅椅桌〔七〕、金龍香爐。京具奏：請上親往，臣當從駕。上幸通真宮，引京至，開鎖同入，無一物，粉壁明窗而已。京惶恐待罪。宣和元年三月，京師大水臨城，上令中貴同靈素登城治水。敕之，水勢不退，回奏：『臣非不能治水。一者事乃天道，二者水自太子而得，但令太子拜之，可信也。』遂遣太子登城，賜御香，設四拜，水退四丈。是夜水退盡。京城之民，皆仰太子聖德。靈素遂上表乞骸，不允。秋九月，全臺上言：『靈素妄改改字疑是議字之誤。遷都，妖惑聖聰，改除釋教，毀謗大臣。』靈素即時攜衣被行出宫。十一月，與宫祠，温州居住。二年，靈素一日攜所上表見太守閭丘顎〔八〕，乞與繳進，及與州官親黨訣别而卒。生前自卜墳于城南山，戒其隨行弟子皇城使張如晦，可掘穴深五尺，見龜蛇便下棺。既掘，不見龜蛇，而深不可視，葬焉。靖康初，遣使監温州伐墓，不知所踪，但見亂石縱横，强進，多死，遂已。」此耿延禧所作靈素傳也。靈素本末，世不知其全，故著之，不敢增易一字。今温州天慶宫有題銜云：「大中大夫、沖和殿侍宸、金門羽客、通真達靈元妙先生、在京神霄玉清萬壽宫管轄、提舉通真宫林靈素。」

8 世有十幹化五行真氣之説，莫究其理。洪文敏載鄭景實㮚之語，謂取歲首月建之幹所生，如甲、己、丙作首，丙屬火，火生土，則甲、己化土。他倣此。頗通。余記昔年一術士云：遇龍則化。龍，辰也。甲、己得戊辰，戊屬土，故化土。乙、庚得庚辰，庚屬金，故化金。丙、辛以降皆然。其實一也。

9 祖宗時，諸郡皆有都廳。至宣和三年，懷安軍奏：「今尚書省公相廳改作都廳，内外都廳，並行禁止。欲將本軍都廳，以僉廳爲名。」從之，且命諸路依此。此僉廳得名之始也。然今帥府有僉廳，又有都廳，莫知所始矣。

10 會稽虞少崔仲琳送林懿成季仲詩云：「男兒何苦敝羣書，學到根原物物無。曾子當年多一唯，顔淵終日只如愚。水流萬折心無競，月落千山影自孤。執手沙頭休話別，與君元不隔江湖。」閱庚溪詩話，喜而録之。

11 俗間有擊鼓射字之技，莫知所始。蓋全用切韻之法，該以兩詩，詩皆七言。一篇六句，四十二字，以代三十六字母，而全用五支至十二齊韻，取其聲相近，便于誦習。一篇七句，四十九字，以該平聲五十七韻，而無側聲。如一字字母在第三句第四字，則鼓節先三後四，叶韻亦如之。又以一、二、三、四爲平、上、去、入之別。亦有不擊鼓而揮扇之類，其實一也。詩曰：「西希低之機詩資，非卑妻欺癡梯歸，披皮肥其辭移題，攜持齊時依眉微，離爲兒儀伊鋤尼，醯雞篦溪批毗迷。」此字母也。「羅家瓜藍斜凌倫，思戈交勞皆來論，留連王郎龍南關，盧甘林巒雷聊鄰，簾櫳羸婁參辰闌，楞根彎離驢寒間，懷横榮鞋庚光顔。」此叶韻也。又有以詩數十句，該果實之名爲酒席之戲者，與此略同，然不假切韻，頗爲簡易。至于賣卜者，但欲知十幹十二枝，則尤不難。然多只一擊鼓便能知年、月、日、時八字，蓋未擊之先，踟躕顧盼，舉動語默，皆是物也。

12 三司副使曰簉，通判曰倅。禮有副車、倅車。左傳：「孟僖子使泉丘人女助薳氏之簉。」簉、倅皆副貳之稱，然他官雖副貳不通用，不知其由。今三司廢已久，簉之名人無知者，獨倅之名猶然。樓宣獻序向侍郎子諲集云「擢之户簉」，近時文字中所見者此耳。

13 「子夏問曰：『「巧笑倩兮，美目盼兮，素以爲絢兮。」何謂也？』子曰：『繪事後素。』曰：『禮後乎？』」謂禮必以忠信爲質也。余謂學者始以持敬爲本，而窮理盡性以終之，亦「繪事後素」之意。

14 「吾不試故藝。」余妄意謂夫子天縱之聖，藝皆不學而能，非若常人嘗試而爲之。故其多能皆本于自然，而非有意于多能也。古今諸家皆無此説，余亦未敢自以爲是。

15 穆天子傳書八駿之名：一曰赤驥，二曰盜驪，三曰白義，四曰踰輪，五曰山子，六曰渠黄，七曰華騮，八曰緑耳。王子年拾遺記載穆王馭八龍之駿，一名絶地，二名翻羽，三名奔霄，四名超影，五名踰輝，六名超光，七名騰霧，八名挾翼。二説不同。

16 神仙赤松子見于書傳多矣，惟淮南子稱赤誦子。

17 嘉、眉多士之鄉，凡一成之聚，必相與合力建夫子廟，春秋釋奠。士子私講禮焉，名之曰鄉校。亦有養士者，謂之山學。眉州四縣，凡十有三所。嘉定府五縣，凡十有八所。他郡惟遂寧四所，普州二所，餘未之聞。

18 劉下功，字子民，濱州安定人。弱不好弄，六歲誤觸甕碎，家人更誰之，神色自若曰：「俟釘校者來，當全之。」復誰其安。曰：「人破尚可修，矧甕邪！」語未絶，釘校者至，相與料理，頃之如新。自是築環堵于家之後圃，不語不出者三十餘年，或食或不食。徽廟聞其名，數敕郡縣津致，間馳近侍召之。對曰：「吾有嚴願，不出此門。」上知不可奪，賜號高尚先生。王子裳侍郎衣其外兄也〔九〕，嘗問以修行之術。書云：「非道亦非律，又非虛空禪。獨守一畝宅，惟耕己心田。」又云：「以手捫胸，欲心清浄；以手上下，欲氣升降。」每云〔一〇〕：「常人以嗜欲殺身，以貨財殺子孫，以政事殺民，以學術殺天下後世。吾無是四者，豈不快哉！」靖康之變，不知所終。

19 周宣王，中興之賢君也。然考之于詩，曰箴，曰規，曰誨，曰刺，不一而足。第序詩者不能直書其事，故後世儒者毋敢訾議。余觀國語所載，如不藉千畝；拒虢文公之諫，而致姜戎之敗；捨括立戲，激魯人之變，而致諸侯之不睦；及喪師之後，復爲料民之舉，雖仲山甫之言且不用焉。文、武、成、康之治，豈如是哉！周之東遷，烏得盡委其責于幽、平二王乎？其所由來者漸矣。史記但書不藉千畝、料民太原二事之目，不若國語之詳也。

20 容齋隨筆謂近世所傳雲仙散録、開元天寶遺事、老杜事實，皆淺妄絶可笑，而頗能疑誤後生。然但辨遺事中數事，餘二書無説。老杜事實，世不多見，葛常之韻語陽秋云：「老杜詩云：『東閣官梅動詩興，還如何遜在揚州。』按遜傳無揚州事，而遜集亦無揚州梅花詩，但有早梅詩云：『兔園標物序，驚時最是梅。銜霜當路發，映雪凝寒開。枝横却月觀，花繞凌風臺。應知早飄落，故逐上春來。』杜公前詩乃逢早梅而作，故用何遜事，又意却月、凌風皆揚州臺觀名爾。近時有妄人假東坡名作老杜事實一編，無一事有據。至謂：『遜作揚州法曹，廨舍有梅一株，吟詠其下。』豈不誤學者？」以上皆葛語。若雲仙散録，則余家有之。凡三百六十事，而援引書百餘種，每一書皆録一事，周而復始，如是者三，其間次序參差者，數條而已。編集文籍，豈能整齊如此？已可一笑。序稱：「天祐元年，金城馮贄取九世典籍，撮其膏髓，别爲一書，庶兵火煨燼之後，來者不至束手。」今百書遂無存者，則贄可謂前知矣！崇文總目成書時，距天祐未甚久，隋、唐以前書籍存者極多，贄家之書，無一著録，雖有金鑾密記之類一二種，而所編三事，本書反無之。又其造語盡倣世説，若集諸家之言，豈應一律？始實容齋之説。後閲館本遜集，葛所引梅詩尚脱第四聯：「朝灑長門泣，夕駐臨邛杯。」

21 胡忠簡之貶，李似之侍郎彌遜書十事以贈：一曰有天命，有君命，不擇地而安之。二曰唯君子困而不失其所亨。三曰名節之士猶未及道，更宜進步。四曰境界違順，當以初心對治。五曰子厚居柳築愚溪，東坡居惠築鶴觀，若將終身焉。六曰無我方能作爲大事。七曰天將任之，必大有摧抑〔一二〕。八曰建立功名，非知道者不能。九曰太剛恐易折，須養以渾厚。十曰學必明心，記、問、辨、説皆餘事。

22 古樂府木蘭詞文字奇古，然其間有云：「歸來見天子，天子坐明堂。策勳十二轉，賜物百千强。可汗問所欲，木蘭不願尚書郎，願馳千里足，送兒還故鄉。」按木蘭詐作男子，代父征行，逮歸家易服，火伴方知其爲女。當其見天子之時，尚稱男子，而曰「送兒歸故鄉」何哉？兒者，婦人之稱也。

23 熙寧青苗法行，計息推賞，否則廢黜。官吏畏罪希進，所散唯恐不多。知祥符縣季敦頤視前政獨貸三之一〔二〕。宰相怒甚，遂通判廣信軍。敦頤字子修，棣州陽信人。蘇文定公奏疏所言即此也。

24 太宗嘗謂宰相曰：「流俗有言：『人生如病瘧，于大寒大暑中過歲，寒暑迭變，不覺漸成衰老。』苟不競爲善事，虚度流年，良可惜也！」李文簡書之長編。而宗門武庫載五祖亦有此語。又唐摭言載趙牧對酒詩，亦有「人生如瘧在須臾，何乃自苦八尺軀」之句。

25 中書侍郎舊稱中書，今轉爲中書舍人之稱。近歲有以六部侍郎兼中書舍人者，遂直呼中書侍郎，尤非是。官制：前左右丞、六部侍郎，通謂之丞郎。今有稱郎官、寺監丞爲丞郎者矣。皆失之不考也。若稱中書舍人爲中舍，則容齋已辨之矣。

26 前代東宮官于皇太子皆稱臣，隋開皇中嘗更其制，至唐而復。真廟爲皇太子，始辭之。

27 臨漢石經，與今文不同者殊多，東觀餘論略記之。如書「女毋翕侮成人」，今作「女毋侮老成人」；「保后胥高」，今作「保后胥戚」；「女永勸憂」，今作「汝誕勸憂」；「女有近則在乃心」，今「近」作「戕」；「女比猶念以相從」，今作「汝分猷」；「各翕中」，今作「各設中」；「爾謂朕曷祗動萬民以遷」，今作「爾謂朕曷震動」；「天既付命」，今「付」作「孚」；「曰陳其五行」，今作「汨陳」；「嚴恭寅畏天命，自亮以民祗懼」，今「亮」作「度」、「以」作「治」；「懷保小人，惠于矜寡」，今「人」作「民」，「于」作「鮮」；「毋兄曰」，今作「無皇曰」；「則兄自敬德」，今「兄」作「皇」；「旦以前人之徽言」，今作「受人之徽言」〔一三〕；「是罔顯哉厥世」〔一四〕，今「哉」作「在」；「文王之鮮光」，今作「耿光」；「通殷就大命」，今作

「達殷集大命」。論語「意與之與」，今「意」作「抑」；「孝于惟孝」，今「于」作「乎」；「朝聞道，夕死可也」，今「也」作「矣」；「是魯孔丘與？曰：是知津矣」，今作「是魯孔丘與？曰：是也。曰：是知津矣」；「耰不輟，子路以告，子憮然」，今作「耰而不輟，子路行以告，夫子憮然」；「置其杖而耘」，今「置」作「植」；「其斯以乎」，今作「其斯而已矣」；「譬諸宮牆」，今「諸」作「之」；「賈諸？賈之哉」，今「賈」作「沽」。恨不見其全也。

28 顧命：「一人冕執鋭。」陸氏釋文：「鋭，以税反」。今禮部韻尹字下有鈗字〔一五〕，注云：「侍臣所執。書：『一人冕執鈗。』」古文尚書亦作鈗。不知承誤作鋭自何時始也。

29 晁伯宇載之昭靈夫人祠詩：「安用生男作劉季〔一六〕，暮年無骨葬昭靈。」陸務觀游黃州詩：「君看赤壁終陳迹，生子何須似仲謀。」

30 自唐以紀年改梁州曰興元府，本朝紹興、隆興、慶元諸府，皆循用故事。縣名亦多有之。獨嘉州以慶元初陞嘉定府，越十三年方改元嘉定，與諸府不同。

31 韓文公記夢詩：「百二十刻須臾間。」方氏舉正載董彦遠云：「世間只百刻，百二十刻，以星紀言也。」朱文公考異云：「星紀之説，未詳其旨，但漢哀帝嘗用夏賀良説，刻漏以百二十爲度矣。」余謂董説固妄；夏賀良之説，行之不兩月而改，且衰世不典之事，韓公必不引用。按古之漏刻，晝有朝、禺、中、晡、夕，夜有甲、乙、丙、丁、戊。至梁武帝天監六年，始以晝夜百刻布之。十二辰每時得八刻，仍有餘分，故今世歷家百刻，舉成數爾，實九十六刻也。每時餘分，别爲初初、正初刻。一日合二十有四，每刻居六分刻之一，總而計之，爲四刻，始合百刻之數。刻雖有大小，其名則百有二十。韓詩恐只取此，正不須求之遠也。

32 熙寧間，賜岐王顥、嘉王頵玉帶各一。二王固辭，不聽。請加佩金魚以别嫌，詔并以玉魚賜之。王仲言明清揮麈録謂：「玉帶爲朝儀始此。」其後嘗賜王安石，安石力辭，不從，不得已受詔，次日即釋去。至徽宗朝，以賜蔡京，京請佩金魚以自别于諸王，從之。自是何執中、鄭居中、王黼、蔡攸、童貫皆受賜。余按，唐永徽二年敕：開府儀同三司及京官文武職事四品五品，並給隨身魚。上元初敕：文武官三品以上服金玉帶。開元中敕：珠玉錦繡，既令禁斷，準式三品以上飾以玉，四品以上飾以金，五品以上飾以銀者，宜于腰帶及馬鐙酒杓，餘悉禁斷。董晉傳謂：「五品而上金玉帶，所以盡飾以奉上。」史傳載賜玉帶，及臣下私以玉帶相贈遺者，班班可考。韓文公詩亦云：「不知官高卑，玉帶懸金魚。」則知唐已然矣。五代漢隱帝嘗以賞郭威之功，既又召楊邠輩數人悉賜之。然不足稽也。楊文公談苑載國朝賜帶之制，謂：駙馬都尉初選尚，賜白玉帶；親王皇族皆許通服雕玉、白玉等帶。則不始于岐、嘉二王審矣。玉魚，安重榮亦嘗自爲之。

33 或問陸文安公：「何不注釋諸經以垂世？」陸曰：「六經乃注我者也。」

34 州縣治率南面〔一七〕，然「南面」二字，人臣不得用也。惟山谷送徐隱父宰餘干詩云：「地方百里身南面。」豈別有所本歟？恨讀書不多，不能詳也。

35 章貢志謂：「漢高帝六年，命灌嬰略定江南，令天下城縣邑，始置雩都縣。」按高紀六年冬十月，但書「令天下郡邑城」而已，餘皆無所見。雩都置縣，地理志不書歲月，考紀及傳，灌嬰蹤跡未嘗到江南。鑿空著書，可付一笑。洪駒父豫章職方乘亦謂：「灌嬰在漢初定江南，故祀以爲城隍神。今江西郡縣城隍多指爲灌嬰，其實非也。」友人蕭子壽大年考功臣侯表，始知其爲陳嬰。蓋嬰自定東陽爲將，屬楚項梁，爲楚柱國。四歲，項羽死，屬漢，定豫章、浙江，封堂邑侯，都漸。顔師古謂：「漸，水名。在丹陽黝縣南蠻中。嬰既定諸地而都之。」地理志注：「黝音伊，字本作黟，其音同。」始知定江南者爲陳嬰。流俗所傳，不爲全無所據，但誤其姓耳。

校　記

〔一〕「語」，原作「詣」，據宋本改。

〔二〕「藏此石」與下之「攜此石」，「此」，原均作「屯」，據宋本改。

〔三〕「御府」，原作「節府」，據宋本改。

〔四〕「九年」，原作「五年」，據宋本改。按唐書及資治通鑑，唐置朔方節度實在開元九年。

〔五〕「仍設」，宋本作「乃設」。

〔六〕「天雨」，宋本作「大雨」。

〔七〕「椅桌」，宋本作「倚卓」。按通雅雜器：「倚卓之名，見於唐宋。余記唐末小説有倚桌字。宋黄朝英言：『椅，木名；棹與櫂通，但當用倚卓。』楊億談苑云：『咸平、景德中，主家造檀香倚卓，俗以爲椅子卓子。』」趙氏書原本當用「倚卓」字，此本改爲今體。

〔八〕「顎」，宋本同，學海本作「頟」。

〔九〕「裳」，原作「常」，非。按宋史卷三七七有王衣傳，字子裳，官刑部侍郎。

〔一〇〕「每云」，宋本作「又云」。按能改齋漫録卷十八，作此語者乃「高尚處士劉皋」，皋與卞功，當即一人。

〔一一〕「大有」，宋本作「有大」。

〔一二〕「季」，宋本作「李」。

〔一三〕「旦以前人之徽言，今作受人之徽言」，東觀餘論原文作「旦以前人之徽言，今作徽言」。

〔一四〕「罔」，原作「因」，據宋本改。

〔一五〕「銃」，原作「鋭」，據宋本改。

〔一六〕「男」，宋本作「兒」。

〔一七〕「面」，宋本作「向」。

賓退録卷第二

36 朱文公嘗與客談世俗風水之説，因曰：「冀州好一風水：雲中諸山，來龍也；岱嶽，青龍也；華山，白虎也；嵩山，案也；淮南諸山，案外山也。」

37 曲忠壯在蜀有詩云：「破碎江山不足論，何時重到渭南村？一聲長嘯東風裏，多少未歸人斷魂。」

38 范沖嘗對高宗云：「詩人多作明妃曲，以失身胡虜爲無窮之恨；獨王安石曰：『漢恩自淺胡自深，人生樂在相知心。』然則劉豫之僭非其罪，漢恩淺而虜恩深也。今之背君父之恩，投拜而爲盜賊者，皆合于安石之意，此所謂壞天下人心者也。」臨江徐思叔得之亦嘗病荆公此語，謂有衛律、李陵之風，乃反其意而爲之，遂得詩名于時。其詞云：「妾生豈願爲胡婦？失信寧當累明主！已傷畫史忍欺君，莫使君王更欺虜。琵琶却解將心語，一曲才終恨何數！朦朧胡霧染宮花，淚眼橫波時自雨。專房莫倚黄金賂，多少專房棄如土！寧從别去得深嚬，一步思君一回顧。胡山不隔思歸路，只把琵琶寫辛苦。君不見，有言不食古高辛，生女無嫌嫁盤瓠！」

39 康節邵先生之學受于李挺之，而今世少知挺之者。晁以道說之嘗爲作傳曰：「李之才，字挺之，青社人。天聖八年，同進士出身。爲人朴且率，自信，無少矯厲。師河南穆伯長。伯長性卞嚴寡合，雖挺之亦頻在訶怒中。挺之事先生益謹。嘗與參校柳文者累月，卒能受易。時蘇子美亦從伯長學易，其專授受者惟挺之。伯長之易，受之种徵君明逸，种徵君受之希夷先生陳圖南，其源流爲最遠。究觀三才象數變通，非若晚出尚辭以自名者。挺之初爲衛州獲嘉縣主簿，權共城令。所謂康節先生邵堯夫者，時居母憂于蘇門山百源之上，布裘菜食，且躬爨以養其父。挺之叩門上謁，勞苦之曰：『好學篤志果何似？』康節曰：『簡策迹外，未有適也。』挺之曰：『君非迹簡策者，其如物理之學何？』他日則又曰：『物理之學，學矣，不有性命之學乎？』康節謹再拜，悉受業。于書，則先視之以陸淳春秋，意欲以春秋表儀五經；既可語五經大旨，則授易而終焉。世所謂康節先生之易者，實受之挺之。挺之器大，難乎識者，棲遲久不調。或惜之，則曰：『宜少貶以榮進。』友人石曼卿獨曰：『時不足以容君，君盍不棄之隱去！』再調孟州司法參軍。時范忠獻公守孟，亦莫之知也。忠獻初建節鉞守延安，送者不用故事，出境外；挺之獨別近郊。或病之，謝曰：『故事也。』居頃之，忠獻責安陸，挺之沿檄見之洛陽。前日遠境之客，無一人來者。忠獻于是乎恨知挺之之晚。友人尹師魯以書薦挺之于葉舍人道卿，因石曼卿致之曰：『孟州司法參軍李之才，年三十九。能爲古文章，語直意邃，不肆不窘，固足以蹈及前輩，非洙所敢品目，而安于卑位，頗無仕進意，人罕能知之其才。又達世務，使少用于世，必過人遠甚。幸其貧無貲，不能決其歸心，知之者當共成之。』曼卿報師魯曰：『今之業文好古之士至鮮，且不張，苟遺若人，其學益衰矣。是師魯當盡心以成之者也。延年素不喜屈謁貴仕，以挺之書，凡四五至道卿之門，通焉而後已。道卿且樂薦之，以是不悔。』挺之遂得應銓新格，有保任五人，改大理寺丞，爲緱氏令，未行。會曼卿與龍圖閣直學士吳遵路調兵河東〔一〕，辟挺之澤州僉署判官。于是澤人劉仲更從挺之受曆法〔二〕，世稱劉仲更之曆，遠出古今。上有揚雄、張衡之所未喻者，實受之挺之。在澤，轉殿中丞。丁母憂，甫除喪，暴卒于懷州守舍。時友人尹子漸守懷也，實慶曆五年二月。子漸哭挺之過哀，感疾，不踰月亦卒。挺之葬青社。後十有二年，一子以疾卒。又二十有四年，有姪君翁乞康節表其墓曰：『求于天下，得聞道之君子李公以師焉。』以道此傳，頗能道其出處之詳。

然康節嘗曰：「今世知道者，獨予及李挺之二人而已。」則此傳亦豈足以盡挺之哉！

40 東坡公知揚州，夢行山林間，一虎來噬，方驚怖，有紫衣道士揮袖障公，叱虎使去。明日，一道士投謁，曰：「夜出不至驚畏否？」公咄曰：「鼠子乃敢爾！本欲杖汝脊，汝謂吾不知汝子夜術耶？」道士惶駭而退。林靈素傳中，徽宗神霄夢亦此類。新淦祥符觀道士何得一，宣和間遊京師，遇方士陶光國，愛其人物秀整，語之曰：「當爲辦一事，姑亟歸！」無幾何，徽宗夢人曰：「天上神仙鄭化基，地下神仙何得一。」明日，命閱祠部帳，得諸新淦籍中，化基其師也。遽命召。時得一方次郢州，守貳禮請以往。既對，上大悦，賜號沖妙大師，主龍德太一宮〔三〕。旋授丹林郎，制曰：「惟上帝休命，誕集朕躬，故宏天飛之舊宮，奉真基之列御，非得端靖修潔之士，孰與致朕嚴恭寅畏之意哉！爾植志靡懈，飭履有聞。嘉其積勤，超進仙秩。尚敦而素，毋終墮哉！」時六年六月二十五日也。未幾中原亂，得一亦歸里，坎壈以死。得一庸人，無他異，僥倖至此。光國不知何許人。

41 孔子曰：「君子周而不比，小人比而不周。」「君子喻於義，小人喻於利。」「君子坦蕩蕩，小人長戚戚。」「君子和而不同，小人同而不和。」「君子易事而難説也，説之不以道，不説也；及其使人也，器之。小人難事而易説也，説之雖不以道，説也；及其使人也，求備焉。」「君子泰而不驕，小人驕而不泰。」「君子上達，小人下達。」「君子求諸己，小人求諸人。」「君子不可小知，而可大受也；小人不可大受，而可小知也。」君子小人之情狀，其判如此，爲士者當知所擇矣！余亦懼爲小人之歸也，筆之以自警焉。

42「萬里鑾輿去不還，故宮風物尚依然。四圍錦繡山河地，一片雲霞洞府天。空有遺愁生落日，可無佳氣起非煙？古來國破皆如此，誰念經營二百年。」此毛麾過龍德故宮詩也。麾字牧達，平陽府人。有平水老人詩集十卷，行于虜境。權商或攜至中國，余偶得一帙，可觀者頗多。序稱其父當宋大觀三年上舍登第，後中宏詞科，季年嘗任給事中。按登科記，大觀三年榜中毛安節者，蓋其父。然次年詔改宏詞爲詞學兼茂，終徽宗、欽宗兩朝，取詞科爲夕郎者，皆無毛姓，必陷虜後事也。

43集賢殿修撰，舊多以館閣久次者爲之。有自常僚超授要任，未至從官者，亦除修撰，時人遂有冷撰、熱撰之目。近世士夫，以集英爲熱撰，右文、秘閣爲冷撰，非也。右文即集賢，政和五年改。

44 讀横渠詩，最愛其一篇云：「學易窮源未到時，便將虚寂眇心思。宛如童子攻詞賦，用即無差問不知。」

45 胡致堂著讀史管見，主于譏議秦會之，開卷可考也。如論耶律德光諭晉祖宜以桑維翰爲相，謂：「維翰雖因德光而相，其意特欲興晉而已，固無挾虜以自重，劫主以盜權之意，猶足爲賢。」尤爲深切。致堂本文定從子，其生也，父母欲不舉，文定夫人舉而子之。及貴，遭本生之喪，士論有非之者。故漢宣帝立皇考廟、晉出帝封宋王敬儒兩章，專以自解；而于漢哀帝謝立定陶後一節，直謂：「爲人後者，不顧私親，安而行之，猶天性也。」吁，甚矣！首卷論豫讓報讎曰：「無所爲而爲善，雖大學之道不是過。」若致堂者，其亦有所爲而著書者歟！然其間確論，固不容揜也。

46 近時後進稱前輩之字，人多非之。余謂不然。孔門弟子皆稱其師曰仲尼，則豈不可？又有父祖既没，子孫不忍稱其字者，亦古之所無。北齊王元景兄弟，諱其父之字，顔之推譏之。然父没而不能讀父之書，母没而杯圈不能飲焉，況稱其字乎！以情推之，亦未爲過。古者以王父字爲氏，雖只一字，似未安也。

47 梁武帝命袁昂作書評，其答啓曰：「奉敕遣臣評古今書。臣愚短，豈敢輒量江海？但天旨謏臣斟酌是非，謹品字法如前。」今淳化法帖第五卷，智果書此一段〔四〕，謂爲梁武帝評書，中興館閣書目亦然，誤也。其略云：「王僧虔書，猶如揚州王謝家子弟，縱復不端正，奕奕皆有一種風氣。王子敬書，如河朔少年，皆充悅，舉體沓拖而不可耐。羊欣書，似婢作夫人，不堪位置，而舉止羞澀，終不似真。阮研書，似貴胄失品次〔五〕，不復排突英賢。王儀同書，如晉安帝，非不處尊位〔六〕，而都無神明。殷均書，如高麗人抗浪，乃不有意氣，而姿顔自足精味。徐淮南書，如南岡士大夫〔七〕，徒尚風軌，殊不寒乞。陶隱居書，如吴興小兒，形狀未成長，而骨體甚峭快。吴施書，如新亭傖父，一往揚州〔八〕，逢人共語，語便態出。柳産書，如深山道士，見人便欲退縮。曹喜書，如經論道士〔九〕，言不可絶。王右軍書，字勢雄强，如龍跳天門，虎卧鳳闕〔一〇〕，故歷代寶之，永以爲訓。蔡邕書，骨氣洞達，爽爽如有神力。程曠平書，如鴻鵠弄翅，頡頏布置，初雲之見白日。蕭思話書，如舞女低腰，仙人嘯樹。李鎮東書，如芙蓉之出水，文采如鏤金。桓玄書，如快馬入陣，隨人屈曲，豈須文譜。范懷約真書有力〔一一〕，草書無功，故知簡牘非易。皇象書，如韻音繞梁，孤飛獨舞。孔琳之書，如散花空中，流徽自得。李嵓之書，如鏤金素月，屈玉自照。薄紹之書，如龍游在霄，繾綣可愛。崔子玉書，如危峯阻日，孤松單枝。邯鄲淳書，應規入矩，方圓乃成。師宜官書，如鵬翔未息，翩翩而自逝。梁鵠書，如龍威虎震，劍拔弩張。張伯英書，如武帝愛道，憑虛欲仙。衛恒書，如插花舞女，援鏡笑春。索靖書，如飄風忽舉，鷙鳥乍飛。鍾繇書，如雲鶴游天，羣鴻戲海，行間茂密，實亦難過。」米元章采隋、唐至本朝，得一十四家續之：「僧智永書經，氣骨清健，大小相雜，如十四五貴胄褊性，方循繩墨，忽越規矩。褚遂良如熟馭戰馬，舉動從人，而別有一種驕色。虞世南如學休糧道士，神意雖清，而體氣疲困。歐陽詢如新痊病人，顏色憔悴，舉動辛勤。柳公權如深山道士，修養已成，神氣清健，無一點塵俗。顏真卿如項羽挂甲，樊噲排突，硬弩欲張，鐵柱特立，昂然有不可犯之色。李邕如乍富小民，舉動屈强，禮節生疎。徐浩如蘊德之人，動容温厚，舉止端正，敦尚名節，體氣純白。沈傳師如龍游天表，虎踞溪旁，神情自如，骨法清虛。周越如輕薄少年舞劍，氣勢空健，而鋒刃交加。錢易如美丈夫，肌體充悦，神氣清秀。蔡襄如少年女子，體態嬌嬈，行步緩慢，多飾繁華。蘇舜欽如五陵少年，訪雲尋雨，駿馬青衫，醉眠芳草，狂歌院落。張友直如宫女插花，媚嬙對鑑，端正自然，別有一種嬌態。」唐書王勃傳載：「開元中，張説與徐堅論近世文章。説曰：『李嶠、崔融、薛稷、宋之問之文，如良金美玉，無施不可。富嘉謨如孤峯絶岸，壁立萬仞，濃雲鬱興，震雷俱發，誠可畏也；若施于廊廟，駭矣。閻朝隱如麗服靚粧，燕趙歌舞，觀者忘疲；若類之風雅，則罪人矣！』堅問：

『今世奈何？』」説曰：『韓休之文如太羹玄酒，有典則，薄滋味。許景先如豐肌膩理，雖穠華可愛，而乏風骨。張九齡如輕縑素練，實濟時用，而窘邊幅。王翰如瓊杯玉斝，雖爛然可珍，而多玷缺。』堅謂篤論。」齊道人湯惠休云：「謝靈運詩如芙蓉照水，顏延年詩如錯采鏤金。」梁鍾嶸云：「范雲詩宛轉清便，如流風回雪。丘遲詩點綴映媚，如落花在草。」張芸叟評本朝名公詩：「梅聖俞如深山道人，草衣木食，王公大人見之，不覺屈膝。石曼卿如飢鷹乍歸，迅逸不可言。歐陽永叔如春服乍成，醲酒初熟，登山臨水，竟日忘歸。王介甫如空中之音，相中之色，欲有尋繹，不可得矣。蘇子瞻如武庫乍開，干矛森然，見之不覺令人神懾；子細檢點，不能無利鈍。郭功父如大排筵席，二十四味，終日揖遜，適口者少。」劉中叟次莊塵土黃詩序謂：「樂府自唐以來，杜甫則壯麗結約，如龍驤虎伏，容止有威。李白則飄揚振激，如游雲轉石，勢不可遏。」今主管廣東漕司文字長樂敖器之陶孫〔一二〕，遂盡取魏晉而下詩人，演而爲詩評曰：「因暇日與弟姪輩評古今諸名人詩：魏武帝如幽燕老將，氣韻沈雄。曹子建如三河少年，風流自賞。鮑明遠如飢鷹獨出，奇矯無前。謝康樂如東海揚帆，風日流麗。陶彭澤如絳雲在霄，舒卷自如。王右丞如秋水芙蕖，倚風自笑。韋蘇州如園客獨繭，時合音徽。孟浩然如洞庭始波，木葉微脱。杜牧之如銅丸走坂，駿馬注坡。白樂天如山東父老課農桑，言言皆實。元微之如李龜年説天寶遺事，貌悴而神不傷。劉夢得如鏤玉雕瓊〔一三〕，流光自照。李太白如劉安雞犬，遺響白雲，覈其歸存，恍無定處。韓退之如囊沙背水，惟韓信獨能。李長吉如武帝食露盤，無補多慾。孟東野如埋泉斷劍，臥壑寒松。張籍如優工行鄉飲，醻獻秩如，時有詼氣。柳子厚如高秋獨眺，霽晚孤吹。李義山如百寶流蘇，千絲鐵網，綺密瓌妍，要非適用。本朝蘇東坡如屈注天潢，倒連滄海，變眩百怪，終歸雄渾。歐公如四瑚八璉，止可施之宗廟。荆公如鄧艾縋兵入蜀，要以險絶爲功。山谷如陶弘景祇詔入宫，析理談玄，而松風之夢故在。梅聖俞如關河放溜，瞬息無聲。秦少游如時女步春，終傷婉弱。后山如九皋獨唳，深林孤芳，沖寂自妍，不求識賞。韓子蒼如梨園按樂，排比得倫。吕居仁如散聖安禪，自能奇逸。其他作者，未易殫陳。獨唐杜工部如周公制作，後世莫能擬議。」

48 沈存中筆談載：石曼卿居蔡河下曲，鄰有豪家，曼卿訪之，延曼卿飲。羣妓十餘人，各執肴果樂器，一妓酌酒以進。酒罷樂作。羣妓執果肴者萃立其前，食罷則分列其左右。京師人謂之「軟槃」。余按：江南李氏宰相孫晟，每食不設几案，使衆妓各執一器，環立而侍〔一四〕，號「肉臺槃」。時人多效之。事見五代史記死事傳及馬令南唐書義死傳。「軟槃」蓋始于此。

49 三省、密院奏事退，覆奏所得旨，周文忠書其本末于二老堂雜誌甚詳，著其略于此。

淳熙四年四月甲戌，垂拱殿六參，使相曾覿起居退，肩輿歸第。直省官賈光祖、散祗候李處和、使臣唐章騎從。已而參政龔茂良奏事畢，馳馬入堂，遂踵相躡。街司促光祖輩避道，光祖輩出語不遜。光祖、處和，實隸籍三省、密院。茂良大不能平，明日奏其事。上諭覿致謝。又明日，覿以光祖、處和申省施行。上謂茂良先權衡替二人，然後施行。茂良遽下臨安府，杖罷。丁丑，上批問茂良：「昨已面諭，何遽也？」自是茂良待罪，求去不絕。五月甲子，户部郎謝開之賜出身，除殿中侍御史。六月丁丑，茂良除資政學士〔一五〕，知鎮江府。是日開之對，壬午再對。癸未，茂良落職放罷。于是覿之姻家韓彥古獻議：「三省、密院舊奏事退，徑批聖旨，非是。乞朝退一一覆奏，禁中詳觀乃付出。」專爲此也。上大以爲然。自是，每事于奏目後，用黃紙貼云「得旨」云云，朝退封入，改則改，留則留，遂以爲常。是月末，蜀人張唐卿欲用淮南舊賞改官，趙雄力主之〔一六〕，都承旨王抃執不可。雄乃請改次等合入官。既覆奏，止令循兩資。明日，上諭三省云：「若非覆奏，幾誤推賞，此可爲萬世法。雖有强臣跋扈，不能易也。」七月癸丑，開之又論茂良，遂責散官，英州安置。國初自范質進擬，已更舊制，至是復創覆奏云。開之名下一字曰「然」，上一字犯御嫌名，故書其字。

50 靖州圖經載：其俗居喪不食酒肉鹽酪，而以魚爲蔬。今湖北多然，謂之魚菜，不特靖也。老杜白小詩云：「白小羣分命，天然二寸魚。細微霑水族，風俗當園蔬。」正指此。蓋老杜嘗往來荆楚，而此詩則嘉興魯氏定爲夔門所作，夔亦與湖北相鄰故也。注杜詩者，皆不及此。韻語陽秋云：「言白小與菜無異，豈復有厚味哉？」非其指矣。

51 唐僖宗乾符二年，禮部侍郎崔沆下進士三十人，鄭合敬第一。摭言載其宿平康里詩云：「春來無處不閑行，楚閏相看別有情。好是五更殘酒醒，時時聞唤狀頭聲。」注云：「楚娘、閏娘，妓之尤者。」韻語陽秋謂爲鄭谷所作，誤矣。

52 臨安有鬻紙者，澤以漿粉之屬，使之瑩滑，謂之蠲紙。蠲猶潔也。詩「吉蠲爲饎」，周禮「宫人除其不蠲」，名取諸此。又記五代何澤傳載：「民苦于兵，往往因親疾以割股，或既喪而廬墓，以規免州縣賦役。户部歲給蠲符，不可勝數，而課州縣出紙，號蠲紙。」蠲紙之名適同，非此之謂也。

53 唐明宗時，加秦王從榮天下兵馬大元帥。有司言：「元帥或統諸道，或專一面，自前世無天下大元帥之名，其禮無所考按。」余按：唐至德初，以廣平王爲天下兵馬元帥；天復三年三月，以輝王祚爲諸道元帥；其年十二月，敕國史所書元帥之任，並以天下爲名，乃自近年改爲諸道，宜却復爲天下兵馬元帥。至德距長興尚遠，若天復則耳目相接，而有司皆不之知，何其陋邪？元帥之名，肇見于左氏，晉謀元帥是也。然是時所謂元帥者，中軍之將爾，未以名官也。至隋始有行軍元帥，唐初有左右元帥，太原道行軍元帥，西討元帥，自此寖多。然天下兵馬元帥，則始于廣平；大元帥，則始于從榮。唐末嘗以天下兵馬元帥授朱全忠，僞吴以天下兵馬大元帥授李昪，梁末帝以天下兵馬都元帥授錢鏐，晉高祖以天下兵馬都元帥授錢元瓘，出帝以東南面兵馬都元帥授錢弘佐，周又以天下兵馬都元帥授錢俶，國初改爲天下兵馬大元帥。古今當其任者，蓋寥寥可數，而我高宗皇帝遂自此應中天之運。初，元帥皆親王爲之，廷臣副貳而已，惟哥舒翰、郭子儀、李光弼、房琯，皆嘗真除。錢氏繼之，全忠自置，昪僞命，不足道也。

54 岑彭引兵從光武，破天水，與吴漢圍隗囂于西城。時公孫述將李育將兵，教囂守上邽，帝留蓋延、耿弇圍之，而車駕東歸。敕彭書曰：「兩城若下，便可將兵南擊蜀虜。人苦不知足，既平隴，復望蜀。」世言「得隴望蜀」本此。又司馬懿爲曹操主簿，從討張魯，言于操曰：「劉備以詐力虜劉璋，蜀人未附，而遠争江陵，此機不可失也。今若耀威漢中，益州震動，進兵臨之，必瓦解。因此之勢，易爲功力。聖人不能違時，亦不失時。」操曰：「人苦無足，既得隴右，復欲得蜀。」言竟不從。蓋用前語也。

55 晉明帝問王導晉所以得天下，導陳司馬懿創業之始，及司馬昭弑高貴鄉公事。明帝以面覆牀曰：「若如公言，晉祚復安得長遠？」殊不思牛繼馬後，晉已絶矣。

56 古今詠史之作多矣，以經、子被之聲詩者蓋鮮。張横渠始爲解詩十三章。葛覃曰：「葛蔓青長谷鳥遷，女工興念憶歸安。不將貴盛驕門族，容使親心得盡歡。」卷耳曰：「閨閫誠難與國防，默嗟徒御困高岡。觥罍欲解痡瘏恨，采耳元因備酒漿。」洪忠宣著春秋紀詠三十卷，凡六百餘篇。石碏大義滅親曰：「惡吁及厚篤忠純，大義無私遂滅親。後代姦邪殘骨肉，屢援斯語陷良臣。」鄭人來渝平曰：「鄭人來魯請渝平，姑欲修和不結盟。使宛歸祊平可驗，二家何誤作隳成。」張無垢亦有論語絶句百篇。夫子之文章可得而聞也夫子之言性與天道不可得而聞也曰：「既是文章可得聞，不應此外尚云云。如何夫子言天道，肯把文章兩處分？」顏子簞瓢曰：「貧即無聊富即驕，回心獨爾樂簞瓢。箇中得趣無人會，惆悵遺風久寂寥。」近歲嘗見紀孟十詩，題張孝祥作，于湖集中無之，必依託者。如：「争地争城立霸基，焉能一統混華夷？力期行政怠求艾，深欲爲王愧折枝。緣木求魚何及計，爲叢驅雀先深思。是宜孟氏諄諄誨，不嗜殺人能一之。」「異端邪説日交馳，聖哲攻之必費辭。深詆並耕排許子，極言二本闢夷之。復明陳仲廉無取，力斥楊朱義不爲。寄語外人非好辯，欲令大道日星垂。」又有黄次伋者，不知何許人，賦評孟詩十九篇，極詆孟子，且及子思，漫記一二。首篇傳道八句云：「此道曾參得最真，寥寥千載付何人？所傳伋也亦無母，誰覺軻乎唱不臣。忠孝缺來今已久，中庸到此盍維新。願言爲子爲臣者，勿據悠悠紙上塵。」文王之囿方七十里一絶云：「庇民德莫大文王，西伯都來百里强。園囿盤遊方七十，斯民何處事耕桑？」蚍蜉撼大木，多見不知量也！若康節先生觀易、觀書、觀詩、觀春秋四吟，則盡掩衆作：「一物其來有一身，一身還有一乾坤。能知萬物備于我，肯把三才别立根？天向一中分體用，人于心上起經綸。天人焉有兩般事，道不虚行只在人。」「吁嗟四代帝王權，盡入區區一舊編。或讓或争三萬里，相因相革二千年。唐虞事業誰能繼？湯武功夫世莫傳。時既不同人又異，仲尼惡得不潸然！」「愛君難得似當時，曲盡人情莫若詩。無雅豈明王教化，有風方識國興衰。知音未若吴公子，潤色曾經魯仲尼。三百五篇天下事，後人誰敢更譏非。」「堂堂王室寄空名，天下無時不戰爭。滅國伐人惟恐後，尋盟報役未嘗寧。晉齊命令炎如火，文武鎡基冷似冰。惟有感麟心一片，萬年千載若丹青。」

校　記

〔一〕「龍圖閣直學士吴遵路」，宋本作「龍圖閣直吴學士遵路」，嵩山文集原文同宋本。
〔二〕「澤人」，原作「澤州」，據宋本及嵩山文集原文改。
〔三〕「主」，原作「立」，據宋本改。
〔四〕「智果」，原作「智永」，據宋本及淳化秘閣法帖考正（見本書附録）改。
〔五〕「似」，宋本作「如」。
〔六〕「非」，原作「雖」，據宋本改。
〔七〕「岡」，原作「國」，據宋本改。
〔八〕「一往揚州」，宋本作「一往似揚州人共語」。
〔九〕「論」，原作「綸」，據宋本改。
〔一〇〕「闕」，宋本作「閣」。
〔一一〕「力」，宋本作「分」。

〔一二〕「敖」，原作「遨」，據宋本改。
〔一三〕「玉」，宋本作「氷」。
〔一四〕「環」，原作「衆」，據宋本改。
〔一五〕「資政學士」，明鈔本「政」下有「殿」字。
〔一六〕「主」，原作「止」，據宋本改。

賓退録卷第三

57 晉簡文母鄭太后諱阿春，晉人避其諱，皆以春秋爲陽秋。后傳：「孝武下詔，依陽秋故事，上尊號。」孝武母李太后傳：何澄等議服制曰：「陽秋之義，母以子貴。」是也。若褚裒傳，桓彝目之曰「有皮裏陽秋」；荀奕傳，張闓、孔愉難奕駁陳留王出城夫〔一〕，謂「宋不城周，陽秋所譏」，則皆事在鄭后之前，晉之史官追改以避之耳。故孫盛輩著書曰晉陽秋〔二〕。近世葛常之侍郎立方作詩話，極其該洽，顧名之曰韻語陽秋，以今人而爲晉諱，不深考也。晉世后諱多矣，獨避鄭諱，爲不可曉。然盛又有魏氏春秋，習鑿齒亦著漢晉春秋，司馬彪作九州春秋，則當時亦不盡避，史官亦不能盡改。蓋晉史凡十八家，而唐人修書，又出于二十一人之手，豈無同異邪！

58 世俗稱列寺卿曰大卿，諸監曰大監，所以别于少卿、監。自國初以寺、監寄禄之時已然，相承甚久。然前代但有大鴻臚、大司農、大匠而已，大卿、大監之名殊不典。元魏雖有大宗正卿、大司農卿，隋亦有新都大監，然皆不足證也。獨晉人謂著作郎爲大著作，職官志亦然，今稱著作郎曰大著，槪有据依。

59 元昊寇邊，韓忠獻駐兵延安。夜有人攜匕首到卧内，遂褰帷。韓起坐，問誰何。曰：「某來殺諫議。」「誰遣汝來？」曰：「張相公。」蓋張元也。韓復就枕曰：「汝攜我首去。」曰：「某不忍，願得諫議金帶足矣。」取帶而出。明日，不復治其事。俄守陴卒報城櫓上得金帶，乃納之。明受之變，張忠獻自平江起義兵勤王〔三〕。行次嘉禾，一夕坐至夜分，警備嚴甚。忽有刺客至前，出腰間文書，乃苗、劉使來賊公者，賞格甚盛。時左右睡已熟，張遽問：「爾欲何爲？」對曰：「某河北人，粗知順逆，豈肯爲賊用！況侍郎精忠大節，感通神明，某又安忍致害邪？特見備禦未至，恐後復有來者，故相報耳。」張下執其手，問其姓名。曰：「某粗讀書〔四〕，若言姓名，是徼後利；顧有母在河北，今徑歸矣。」拂衣而去，超捷若神。翼日，張取郡獄死囚斬以狥，曰：「此刺客也。」私識其人，經年物色，竟不遇。二事頗相似，但受帶一節，韓不及張，而前之刺客，亦不可以望後者也。漢梁王使人刺爰盎，刺者至關中，問盎，稱之皆不容口，乃見盎曰：「臣受梁王金，刺君，君長者，不忍刺；然後刺者十餘曹，備之！」又與張事相類。然爰卒不免，而張竟無他。張公忠臣，爰非真長者，天理爲不誣矣。韓事見王彦輔麈史，張事具行狀。

60 光逸爲門亭長，迎新令至京師，胡毋輔之輩詣令家，望見奇之。李矩爲吏，送故縣令于長安，梁王彤以爲牙門。以是知吏從迎送之儀，晉已然矣。宋書庾登之傳載其除豫章太守，自臨川便道之官，亦云「儀迓光赫」。又謝方明自晉陵太守爲南郡相，晉陵亦有送故主簿隨在西。蕭梁時，諸鎮皆有迎主簿。

61 今人以月一日、八日、十四日、十五日、十八日、二十三日、二十四日、二十八日、二十九日、三十日不食肉，謂之「十齋」，釋氏教也。余按唐會要，武德二年正月二十四日詔：「自今以後，每年正月九日，及每月十齋日，並不得行刑。所在公私，宜斷屠釣，永爲常式。」〔五〕乾元元年四月二十二日敕〔六〕：「每月十齋日及忌日，並不得采捕屠宰，仍永爲式。」其來尚矣！九國志亦載：南唐大臣多蔬食，月爲十齋。今斷獄律疏議列此十日，謂之「十直日」。

62 白樂天于潯陽舟中見商婦，賦琵琶行，其中有云：「商人重利輕別離，前月浮梁買茶去。」是時此商留家潯陽，而遠取茶于浮梁，始知潯陽之茶，唐末有也。今其行幾徧天下，而浮梁所産反不著。時代推移，而土地所生亦復變遷如此。

63 晉書，王育仕劉淵爲太傅，韋忠仕劉聰爲鎮西大將軍，劉敏元仕劉曜爲中書侍郎，三人者皆嘗委質于晉矣，而皆謂之忠義。王宏桎梏罪人，以泥墨塗之面，置深坑中，餓不與食。太康中檢察士庶，使車服異制，宏緣此復遣吏科檢婦人袒服，至褰發于路。顧謂之良吏。王渾妻鍾氏，嘗夫婦共坐，其子濟趨庭而過，渾欣然曰：「生子如此，足慰人心！」鍾笑曰：「若使新婦得配參軍，生子故不翅如此。」參軍者，渾弟淪也。顧謂之烈女。真可發一笑！

64 邵康節洛陽春八絶，其一云：「四方景好無如洛，一歲花奇莫若春；景好花奇精妙處，又能分付與閑人。」先鑑堂朝野遺事載：呂吉甫在趙韓王南園，京師匄人曰風乞兒者，持大扇造呂求詩。呂即書扇上：「無人肯作佐除非乞，没藥堪醫最是風；求乞害風都占斷，算來世上少如公。」呂詩雖戲謔，然句體絶與邵詩相類。

65呂居仁舍人嘗與汪聖錫尚書論並拜兩相，獨曾文昭草文肅制爲得右相詞命之體。乾道間，虞忠肅拜右相〔七〕，汪適當制，遂祖其意而爲之。余按曾制云：「左右置相，以總吾喉舌之司；東西分臺，以斡我鈞衡之任〔八〕。居中如鼎足之峙，承上若台符之聯。相須而成，缺一不可。乃登次輔，以告大庭。」汪制云：「朕洪惟國朝之制，並建宰輔之司。應變守文，咸底于道；獻可替否，各殫厥心。矧予繼承，惟日兢惕。懋乃后德，交修翳賴于同寅〔九〕；揚于王庭，孚號式新于衆聽。其登次相，以叶舊章。」似微不及也。初韓忠彥拜左僕射，蔡京當制，欲刺探徽宗之意，徐奏請曰：「制詞合作專任一相，或作分任兩相之意？」徽宗曰：「專任一相。」翼日，京出宣言曰：「子宣不復相矣。」已而復召肇草制，拜布右僕射。肇之詞蓋有爲云。

66李昊仕于蜀，王衍之亡，爲草降表；及孟昶降，又草焉。蜀人夜書其門曰：「世修降表李家。」當時傳以爲笑。余記晉謝澹少歷顯位，桓玄之篡，以澹兼太尉，與王謐俱齎册到姑孰；元熙中爲光禄大夫，復兼太保，持節奉册禪宋。正堪作對。

67漢昭帝察霍光之忠，知燕王上書之詐，後世稱其明。順帝時，張逵輩譖梁商謀廢立，帝知其妄，收逵等殺之。與昭帝相類。洪文敏謂，順帝復以政付梁冀，其明非昭帝比，故不爲人所稱。前燕慕容暐初立，慕容根譖慕容恪、慕容評將謀爲亂。暐曰：「二公國之親穆，先帝所託，終應無此；未必非太師將爲亂也。」收根等斬之。可與昭、順並稱。考三君之年，昭帝十四，順帝二十五，而暐方十一，尤不可及。然其末年，恪既死，母后亂朝，評以黷貨干政，不能容慕容垂之勳德，遂爲苻秦所滅，與早歲殊不相似，又非順帝比也。

68 東蜀楊天惠譔彰明縣附子記云：「綿州故廣漢地，領縣八，惟彰明出附子。彰明領鄉二十，惟赤水、廉水、會昌、昌明宜附子。總四鄉之地，爲田五百二十頃有奇，然秔稻之田五，菽粟之田三，而附子之田止居其二焉。合四鄉之産，得附子一十六萬斤已上，然赤水爲多，廉水次之，而會昌、昌明所出微甚。凡上農夫，歲以善田代處，前期輒空田，一再耕之，蒔薺麥若巢㯕其中。比苗稍壯，并根葉耨覆土下，復耕如初，乃布種。每畝用牛十耦，用糞五十斛，七寸爲壠，五尺爲符，終畝爲符二十，爲壠千二百。壠從符衡，深亦如之。又以其餘爲溝爲涂。春陽墳盈，丁壯畢出，疏整符、壠，以需風雨。風雨時過，輒振拂而駢持之。既又挽草爲援，以御烜日。其用工力，比他田十倍，然其歲獲亦倍稱，或過之。凡四鄉度用種千斛以上。種出龍安及龍州、齊歸、木門、青堌、小平者良。其播種以冬盡十一月止，采擷以秋盡九月止。其莖類野艾而澤，其葉類地麻而厚，其花紫葉黄蕤，長苞而圓蓋。其實之美惡，視功之勤窳。以故富室之入長美，貧者雖接畛，或不盡然。又有七月采者，謂之早水，拳縮而小，蓋附子之未成者。然此物畏惡猥多，不能常熟。或種美而苗不茂，或苗秀而實不充，或已釀而腐，或已暴而攣，若有物焉陰爲之。故園人將采，常禱于神，或目爲藥妖云。其釀法：用醯醅，安密室，掩覆彌月乃發。以時暴涼，久乃乾定。方出釀時，其大有如拳者，已定輒不盈握，故及兩者極難得。蓋附子之品有七，實本同而末異。其種之化者爲烏頭，附烏頭而旁生者爲附子，又左右附而偶生者爲鬲子，又附而長者爲天雄，又附而尖者爲天隹〔一〇〕，又附而上出者爲側子，又附而散生者爲漏籃，皆脉絡連貫，如子附母，而附子以貴，故獨專附名，自餘不得與焉〔一一〕。凡種一而子六七以上，則其實皆小；種一而子二三，則其實稍大；種一而子特生，則其實特大。此其凡也。附子之形，以蹲坐正、節角少爲上，有節多鼠乳者次之，形不正而傷缺風皺者爲下。附子之色，以花白爲上，鐵色次之，青緑爲下。天雄、烏頭、天隹，以豐實過握爲勝；而漏籃、側子，園人以乞棄役夫，不足數也。大率蜀人餌附子者少，惟陝輔、閩、浙宜之。陝輔之賈，纔市其下者；閩、浙之賈，纔市其中者；其上品則皆士大夫求之，蓋貴人金多喜奇，故非得大者不厭。然土人有知藥者云：『小者固難用，要之半兩已上皆良，不必及兩乃可。』此言近之。

按本草經及注載：『附子出犍爲山谷，及江左、山南、嵩高、齊、魯間。』以今考之，皆無有，誤矣。又云：『春采爲烏頭，冬采爲附子。』大謬。又云：『附子八角者良，其角爲側子。』愈大謬，與余所聞絶異，豈所謂『盡信書不如無書』者類邪！」以上皆楊説。古涪志既刪取其略著于篇，然又云：「天雄與附子類同而種殊：附子種近漏籃〔二二〕，天雄種如香附子。凡種必取土爲槽，作傾邪之勢，下廣而上狹，寘種其間，其生也與附子絶不類。雖物性使然，亦人力有以使之。」此又楊説所未及也。審如志言，則附子與天雄非一本矣。楊説失之。本草圖經與此小異。廣雅云：「奚毒，附子也。一歲爲萴與側同。子，二歲爲烏喙，三歲爲附子，四歲爲烏頭，五歲爲天雄。」蓋亦不然。鬲子、天隹、漏籃三物，本草皆不著。張華博物志又云：「烏頭、天雄、附子一物，春秋冬夏，采各異也。」

69 左氏傳：內蛇與外蛇鬭于鄭南門中，內蛇死。六年而厲公入。漢太始四年，趙有蛇從郭外入邑，與邑中蛇羣鬭孝文廟下，邑中蛇死。六年而武帝崩。異哉！然趙敬肅王彭祖薨于次年，亦其應也。

70 玉壺清話云〔二三〕：「真宗問近臣：『唐酒價幾何？』丁晉公奏曰：『每升三十。』杜甫詩曰：速須相就飲一斗，恰有三百青銅錢。』」與旹嘗因是戲考前代酒價，多無傳焉。惟漢昭帝命罷榷酤之時〔一四〕，賣酒升四錢，明著于史，劉貢父云「所以限民不得厚射利」是已。典論謂孝靈末百司湎酒，酒千文一斗。曹子建樂府：「歸來宴平樂，美酒斗十千。」此三國之時也。然唐詩人率用此語，如李白「金尊清酒斗十千」〔一五〕，王維「新豐美酒斗十千」，白樂天「共把十千酤一斗」，又「軟美仇家酒，十千方得斗」，又「十千一斗猶賒飲，何況官供不著錢」，崔輔國「與酤一斗酒，恰用十千錢」，郎士元六言絶句「十千提攜一斗，遠送瀟湘故人」，皆不與杜詩合。或謂詩人之言，不皆如詩史之可信。然樂天詩最號紀實者，豈酒有美惡，價不同歟？抑何其遼絶邪！穆宗朝，王仲舒爲江西觀察使，時穀數斛易斗酒，尤可怪。楊凝詩：「湘陰直與地陰連，此日相逢憶醉年，美酒非如平樂貴，十斤不用一千錢。」嶺表録異云：「廣州人多好酒。生酒行兩面羅列，皆是女人，招呼鄙夫，先令嘗酒。盎上白甆甌謂之⿰舌瓦，一⿰舌瓦三文。不持一錢來去嘗酒致醉者，當壚嫗但笑弄而已。」嶺表録異，唐之書也，今必不然。⿰舌瓦字不見于字書，説文云：「甌瓿謂之瓵。瓵，盈之切。」〔一六〕疑是瓵字傳寫之誤。或南方俗字自有⿰舌瓦字，亦不可知。若梁元帝長歌行「當壚擅旨酒，一卮堪十千」，謂之堪，則非真十千也。

71 諺謂物多爲無萬數，漢書成帝紀語。

72 漢成帝詔言：「昌陵作治五年，客土疏惡，終不可成。」服虔注曰：「取他處土以增高，爲客土。」乃知客土二字，其來甚古。唐書方技杜生傳亦有「客土無氣」之語〔一七〕，蓋又近世云。

73 唐太宗時，米斗三錢，後世以爲美談。梁天監四年，米斛亦三十錢。唐元和六年，天下米斗有直二錢者，人罕稱道。然皆不若漢宣帝元康間，嘗穀石五錢矣，此古今所無也。東魏元象、興和中，穀斛九錢，可以爲次矣。

74 漢世大率錢重。前所書昭帝時酒升四錢，穀石五錢，概可推已。元康、神爵之間，金城、湟中穀斛亦不過八錢，惟元帝永光二年，歲比不登，京師穀石二百餘，邊郡四百，關東五百，時四方饑饉，朝廷以爲憂。而其先，初元二年，齊地饑，穀石財三百餘，民已多餓死者矣。王莽時，黄金一斤直錢萬，朱提善銀八兩直一千五百八十，他銀八兩直一千而已。

高帝賀吕公，紿曰「賀錢萬」，吕公大驚，起迎之門。顏師古謂：「以其錢多，故特禮之。」若今世十千，何足驚也。元帝臨獸圈，猛獸驚出，馮貴人前當之，帝雖嘉美其義，僅賜錢五萬。惠帝元年，民有罪，得買爵三十級以免死罪。應劭謂：「一級直錢二千，凡爲六萬。」武帝天漢、太始間，募死罪入贖錢五十萬，減死一等。雖數踰惠帝時八倍，然後世正使匱乏之極，亦未當出此令〔一八〕，可見當時錢之艱得也〔一九〕。至成帝鴻嘉中，買爵之賈殺而爲千錢矣。西都制禄以穀，奉錢皆無所考，僅可知者：丞相、大司馬、大將軍月六萬，御史大夫月四萬，光禄大夫月萬二千，司隸校尉月數千，諫大夫月九千二百，秩百石月六百，待詔公車月二百四十。其薄至此，貢禹遷光禄大夫，猶謂家日益富。後漢之制，凡受俸者皆半錢半穀。延平中定制，中二千石俸錢月九千，不若今世初品官之奉也。洪文惠隸釋云：漢刻載修廟及表墓人所費，有出錢百者。熹平四年，濟陰太守張寵，以二千祠堯，碑遂夸而書之。貢禹被徵，賣田百畝，以供車馬；以今江、浙田賈會之，不減二三千緡，車馬之費當不至是，則當時田賈，亦非今比。西都外戚之盛，萌芽于元帝之時。王嘉謂是時貲千萬者尚少，他復何言！崔烈入錢五百萬，得爲司徒。五百萬，五千緡也，以今助邊之數校之，但可得副校尉耳〔二〇〕！併發觀者一笑。

75 漢長安有四尉。晉洛陽有六尉。隋改縣尉爲縣正，又爲書佐。新唐書百官志注云：「唐武德元年，改書佐曰縣尉，尋改曰正。畿縣、上縣正，皆四人〔二〕。七年，改縣正復曰尉。」然唐六典載：萬年、長安、河南、洛陽、奉先、太原、晉陽七縣，尉各六人；京兆、河南、太原諸畿縣，及諸州上縣，尉各二人而已。新舊唐書皆從之，新書自與注文矛盾，不能定于一也。按李太白作溧陽瀨水貞義女碑云：「縣尉廣平宋陟、丹陽李濟、南郡陳然、清河張昭，皆有卿才霸略，同事相協。」又虞城縣令李公去思頌碑亦云：「縣尉李向、趙濟、盧滎等，同德比義，好謀而成。」以此二碑推之，則上縣不止兩尉明矣。本朝雖赤縣無三尉者，蓋前代無巡檢，今劇縣巡檢至四五人，小縣亦一二人，尉雖少，未害也。

76 熙寧中，華山圮，雨木冰，已而韓魏公薨。王荆公挽詞云〔三〕：「木稼曾聞達官怕，山頹果見哲人萎。」西清詩話謂用孔子及唐寧王事。寧王事新書無之，見于劉耀遠舊史傳中：「開元二十九年冬，京城寒甚，凝霜封樹，學者以爲春秋『雨木冰』，即此是。亦名樹介，言其象介胄也。憲見而歎曰：『此俗所謂樹稼者也。諺曰：樹稼達官怕。必有大臣當之，吾其死矣。』十一月薨。」按漢天文志亦曰〔三〕：「今之長老，名木冰爲木介。介者，甲；甲，兵象也。」余謂稼字義不可通，特介聲之訛耳。劉向曰：「冰者，陰之盛；木者，少陽，貴臣卿大夫象也。此人將有害，則陰氣脅木，未雨而木先寒，故得雨而冰也。」「達官怕」之諺本此。顔師古注劉向傳謂：「今俗呼爲間樹。」齊民要術黍穄篇又謂之諫樹云。

77 故人楊晉翁天柱嘗語予〔二四〕：昔爲瀧水令，初謁郡時盛暑，德慶林守會衣紗公服出延客。謂遐陬僻壤，敢于縱肆，其野如此。後閲初寮外制集，有朝散郎劉繹，朝見著紗公服，特降一官，蓋政和間。又江鄰幾休復嘉祐雜誌云：「一朝士五月起居，衣緋紗公服，爲臺司所糾。三司使包拯，亦衣紗公服，閤門使易之，且詰有何條例，答云：『不見舊例，只見至尊御此耳！』」始知何代無之，然包公未必爾也。

78 唐愼微，蜀州晉原人。世爲醫，深于經方，一時知名。元祐間帥李端伯招之居成都。嘗著經史證類備急本草三十二卷，以行于世〔二五〕，而艾晟序其書謂「愼微，不知何許人」，故爲表出。蜀，今爲崇慶府。

79 世俗謂自辨解曰「分疏平」。顔師古注爰盎傳「不以親爲解」曰：「解者，若今言分疏。」又北齊書祖珽傳：「高元海奏珽不合作領軍，并與廣寧王交結。珽亦見，帝令引入，珽自分疏。」則北朝曁唐，已有是言也。

80 英宗于仁宗爲從子，宣仁后于光獻爲甥，自幼同鞠禁中。會温成有寵，英宗遂還宮邸，宣仁亦歸其家。洎温成薨，仁宗竟無子，一日，謂光獻曰：「吾夫婦老無子，舊養十三、滔滔，各已長立，朕爲十三、后爲滔滔主婚，使相嫁娶。」十三，英宗行第；滔滔，宣仁小字也。時宮中謂「天子娶婦，皇后嫁女」。事具邵伯温聞見録。與旹按，漢成帝欲與近臣遊宴，張安世玄孫放，以公主子，且開敏，得幸。放取皇后弟許嘉女，上爲放供張，賜甲第，充以乘輿服飾，亦號爲「天子取婦，皇后嫁女」。又唐中宗時，蕭至忠以女妻韋后舅崔從禮子，帝主蕭，后主崔，時謂「天子嫁女，皇后娶婦」。此皆非可與聖世同年而語也，姑記其語之適同而已。

81 王孝先曾諡文正。王子明旦諡文貞，避仁廟嫌諱，亦稱文正。後來稱孝先者，多稱其封國以爲別；王子明封魏國，人罕稱也。韓參政億諡忠憲，韓魏公諡忠獻，字雖不同，音則莫辨。此四臣者，皆名臣也。至于趙閲道諡清獻，而趙正夫挺之諡清憲，則幾于珷玞亂美玉矣。

82「絲竹管弦」，漢張禹傳語，王右軍蘭亭序承用之〔二六〕，四字實二物耳。

83 今職制令，諸縣有繁簡難易，監司察令之能否，隨宜對換，仍不理遺缺。按，薛宣爲左馮翊，頻陽縣北當上郡、西河，爲數郡湊，多盜賊，其令平陵薛恭，本縣孝者，功次稍遷，未嘗治民，職不辦。而粟邑縣小，僻在山中，民謹樸易治，令鉅鹿尹賞，久郡用事吏，爲樓煩長，舉茂材，遷在粟。宣即以令奏賞與恭換縣。二人視事數月，而兩縣皆治。則漢已著此令矣，近世監司未嘗行也。

84 夫子論君子小人之情狀〔二七〕，與旹既書之以自警。然邵康節先生諸詩，尤能推廣聖人之意，不暇悉載，特取其尤深切著明者一篇，以諗觀者。處身吟云：「君子處身，寧人負己，己無負人；小人處事，寧己負人，無人負己。」持此詩以觀人，君子、小人，如辨白黑。「所惡於上，毋以使下；所惡於下，毋以事上。所惡於前，毋以先後；所惡於後，毋以從前。所惡於右，毋以交於左；所惡於左，毋以交於右。」此君子絜矩之道，小人何足以知之？子貢謂：「我不欲人之加諸我也，吾亦欲無加諸人。」無加諸人〔二八〕，足矣；人之加諸我者，安能絶之？夫子曰：「賜也，非爾所及也。」蓋未然其言耳。康節又有詩云：「人如負我我何預，我若辜人人有詞。」孟子亦謂：「自反而仁矣，自反而有禮矣，自反而忠矣，其横逆由是也，則此亦妄人也已矣，又何難焉！」學者當知此意。

85 九江琵琶亭，壁間題咏甚多，嘉泰初撤而新之，俱不復存。時族父石埭府君丞德化，被郡檄督工，獨取成都郭宗丞明復一詩刻之石，真絶唱也。其詩云：「香山居士頭欲白，秋風吹作湓城客，眼看世事等虚空，雲夢胸中無一物。舉觴獨醉天爲家，詩成萬象遭梳爬，不管時人皆欲殺，夜深江上聽琵琶。賈胡老婦兒女語，淚濕青衫如著雨，此公豈作少狂夢，與世浮沈聊爾汝。我來後公三百年，潯陽至今無管弦，長安不見遺音寂，依舊康廬翠掃天。」夏文莊嘗有寄題琵琶亭一絶云：「流光過眼如車轂，薄宦拘人甚馬銜。若遇琵琶應大笑，何須泣淚滿青衫！」近時陳益之待制謙又賦續琵琶行〔二九〕，有云：「青衫夜半何曾著，引興參差雜椒糈。」亦皆有新意。倦遊雜録載，史沆嘗題詩亭上：「坐上騷人雖有淚，江邊寡婦不難欺。」若使王涯聞此曲，織羅應過賞花詩。」〔三〇〕沆早登進士第，坐事遷謫而死，平生好持人短長，世以凶人目之，故雖古人亦妄肆詆訾云。

86 近歲金虜爲韃靼所攻，自燕奔汴，有南遷録一編，盛行于時，其實僞也。卷首題通直郎秘書省著作郎騎都尉賜緋張師顔編。虜之官制，具于士民須知，獨無通直一階。其僞一也。虜之世宗，以孫原王璟爲儲，嗣父曰允恭，璟立追尊允恭爲顯宗，録乃謂璟爲允植之子。其僞二也。虜之君臣，皆以小字行，然各自有名，粘罕名宗維，兀朮名宗弼，録乃稱忠獻王罕、忠烈王朮。其僞三也。虜事中國不能詳，然灼知其僞者已如此，而士大夫多信之。

校記

〔一〕「駁」，原作「駿」，據宋本及晉書荀奕傳改。

〔二〕「盛」，原作「晟」，據宋本改。后文「然盛又有魏氏春秋」，改同。

〔三〕「張忠獻」下原脱「自」字，據宋本補。

〔四〕「粗」，原作「初」，據宋本改。

〔五〕「永爲常式」，今本唐會要無此四字。疑趙氏誤將下文至德二年十二月敕中語竄入此處。

〔六〕「二十二日」，原作「二十四日」，據宋本及唐會要卷四十一原文改。

〔七〕「右相」，宋本作「右揆」。

〔八〕「斡」，原作「幹」，據宋本改。

〔九〕「交」，原作「文」，據宋本改。

〔一〇〕「隹」，宋本作「佳」。

〔一一〕「自餘」，宋本作「其餘」。

〔一二〕「附子種近漏籃」，原「近」下有「類」字，此從宋本。

〔一三〕「玉壺清話云」，宋本無「云」字。

〔一四〕「漢昭帝」，原脱「漢」字，據宋本補。

〔一五〕「清酒」，原作「酒清」，據宋本乙，今李集亦作「清酒」。

〔一六〕「説文云甌瓿謂之瓵」，按此爾雅釋器文，趙氏誤引。今説文作：「甌，小盆也。」又「盈之切」，見集韻、韻會，亦不見説文。

〔一七〕「客土無氣」，「氣」上原有「元」字，據宋本及新唐書方技傳原文删。

〔一八〕「亦未當出此令」，宋本作「亦何肯出此令」。

〔一九〕「艱得」，宋本作「難得」。

〔二〇〕「副校尉」，原作「校副尉」，據宋本乙。

〔二一〕「皆四人」，「四」上原有「以」字，據宋本及新唐書注原文删。

〔二二〕「王荆公」上原有「而」字，據宋本删。

〔二三〕按下文所引見漢書五行志，趙氏誤作漢天文志。

〔二四〕「天柱」，宋本作「天桂」。

〔二五〕「以行」，宋本作「盛行」。
〔二六〕「承」，原作「取」，據宋本改。
〔二七〕「夫子」上宋本有「吾」字。
〔二八〕「無加諸人」四字原脱，據宋本補。
〔二九〕「行」字原脱，據宋本補。
〔三〇〕「詩」，原作「時」，據宋本改。

賓退録卷第四

87 班孟堅作揚雄傳，獨載所爲文，歷官行事顧列于贊中，他傳皆不然。韓退之作劉統軍碑，惟書門人故吏之言，而世系事實，悉具于銘詞，正用此體。近世惟胡忠簡作趙龍學子潚墓銘亦然，誌特書世系葬日而已〔一〕。

88 龔遂自渤海徵至京師，議曹王生從。遂將入宫，王生從後呼止遂曰：「天子即問君何以治渤海，君不可有所陳對。宜曰：『皆聖主之德，非小臣之力也。』」遂至前，上果問以治狀〔二〕。遂對如王生言。天子説其有讓，笑曰：「君安得長者之言而稱之？」遂因前曰：「臣非知此，乃臣議曹教戒臣也。」王生必素知遂不能爲此言，然後教之。宣帝必素知遂非長者，然後疑之。然遂始能受王生之言，而又終以實對，是亦長者也已。

89 西漢兩「萬石君」。石奮及四子俱二千石，景帝號奮曰「萬石君」。馮揚，宣帝時爲弘農太守，有八子，皆二千石。趙魏間榮之，亦號曰「萬石君」。又嚴延年兄弟五人，俱二千石，東海號其母曰「萬石嚴嫗」。東漢有萬石秦氏。唐有萬石張氏。

90 慶曆間，廣西戮歐希範及其黨，凡二日剖五十有六腹。宜州推官吴簡皆詳視之，爲圖以傳于世。王莽誅翟義之黨，使太醫、尚方與巧屠共刳剥之，量度五藏，以竹筳導其脉，知所終始，云可以治病。然其説今不傳。

91 廣陵所刻夢溪筆談第十八卷「積罳之術」注中，「又倍下長得十六」，當作二十四。「併入上長得四十六」，當作二十六。士夫知算術者少〔三〕，故莫辨其數〔四〕，漫記之。

92 宋明帝名彧，而其子後廢帝名昱。元魏獻文名弘，而其子孝文名宏。皆聲絶相近，似當避也。周厲王名胡，其七世孫僖王名胡齊，尤可怪。周人以諱事神，而猶有此，何歟？

93 容齋續筆云：「白樂天詩：『鞍馬呼教住，骰盤喝遣輸。長驅波卷白，連擲采成盧。』注云：『骰盤、卷白波、莫走鞍馬，皆當時酒令。』予按皇甫松所著醉鄉日月三卷，載骰子令云：『聚十隻骰子齊擲，自出手六人，依采飲焉。堂印，本采人勸合席；碧油，勸擲外三人。骰子聚于一處，謂之酒星，依采聚散。』骰子令中改易不過三章，次改鞍馬令不過一章。又有旗旛令、閃壓令、抛打令，今人不復曉其法矣。惟優伶家猶用手打令，以爲戲云。」以上皆洪說。余謂酒令蓋始于投壺之禮，雖其制皆不同，而勝飲不勝者則一。後漢賈逵亦嘗作酒令。唐世最盛，樂天詩如「籌插紅螺椀，觥飛白玉巵，打嫌調笑易，飲訝卷波遲」、「碧籌攢米椀，紅袖拂骰盤」之句不一，不特如洪所云也。本朝歐陽文忠公作九射格，獨不别勝負，飲酒者皆出于適然。其說云：「九射之格，其物九，爲一大侯，而寓以八侯。熊當中，虎居上，鹿居下，鵰、雉、猿居右〔五〕，鴈、兔、魚居左。而物各有籌，射中其物，則視籌所在而飲之。射者，所以爲羣居之樂也，而古之君子以爭。九射之格，以爲酒禍起于爭；爭而爲歡，不若不爭而樂也。故無勝負，無賞罰。中者不爲功，則無好勝之矜；不中者無所罰，則無不能之誚。探籌而飲，飲非觥也，無所恥。故射而自中者，有不得免飲；而屢及者，亦不得辭，所以息爭也。終日爲樂，而不恥不爭，君子之樂也。探籌之法，一物必爲三籌。蓋射賓之數，多少不常，故多爲之籌以備也。凡今賓主之數，九人，則人探其一；八人，則置其熊籌；不及八人而又少，則人探其一，而置其餘籌可也；益之以籌，而人探其一或二，皆可也。惟主人臨時之約，然皆置其熊籌。中則在席皆飲。若一物而再中，則視執籌者飲量之多少〔六〕，而飲器之大小，亦惟主人之命。若兩籌而一物者，亦然。凡射者一周，既飲釂，則斂籌而復探之。籌新而屢變，矢中而無情，或適當之〔七〕，或幸而免。此所以歡然爲樂而不厭也。」歐文忠醉翁亭記云「射者中，弈者勝，觥籌交錯」〔八〕，恐或謂此。古靈陳述古亦嘗作酒令，每用紙帖子，其一書司舉，其二書秘閣，其三書隱君子，其餘書士。令在座默探之，得司舉，則司貢舉；得秘閣，則助司舉搜尋隱君子進于朝，搜不得則司舉并秘閣自受罰酒。後復增置新格，聘使、館主各一員。若搜出隱君子，則此二人伴飲。二人直候隱君子出，即時自陳，不待尋問。隱君子未出之前，即不得先言。違此二條，各倍罰酒。注云：聘使蓋賞其能聘賢之義，館主兼取其館伴之義。唐有昭文館學士，時人號爲館主。又云：秘閣雖同搜訪隱君子，或司舉不用其言，亦不得爭權；或偶失之，即不得以司舉不用己言而辭同罰也。然則倍罰。司舉、秘閣既探得，即各明言之，不待人發問；如違，先罰一觴。司舉、秘閣止得三搜，客滿二十人則五搜。餘人探得帖子，並默然；若妄宣傳，罰巨觴，別行令。古靈集載潘家山同章衡飲次行令，探得隱君子，爲章衡搜出，賦詩云：「吾聞隱君子，大隱廛市間。道義充諸中，測度非在顏。堯舜神且智〔九〕，知人亦孔艱。勉哉二秘閣，賢行如高山。」近歲廬陵李實之如圭作漢法酒云：「漢法酒立官十，曰丞相，曰御史大夫，曰列卿，曰京兆尹，曰丞相司直，曰司隸校尉，曰侍中，曰中書令，曰酒泉太守，曰協律都尉。拜司隸校尉者，持節，職舉劾。劾及中書令、酒泉太守者，令、太守以佞倖、湎淫即得罪。劾及侍中，則司隸去節。劾及京兆尹，則上愛其才，事留中不下，皆別舉劾。劾丞相司直，則司直亦劾之。劾列卿，則列卿自訟，廷辯之，罪其不直者。其劾丞相、御史大夫者，亦聽，須先謁而後劾。丞相、御史亦得罪。丞相得罪，則中書令、酒泉太守皆望風自劾。御史得罪，則惟酒泉太守自劾。司隸以不畏强禦，後若有罪，以贖論。若汎劾而及丞相、御史者，罪司隸。劾及京兆尹者，事雖留中，酒泉太守亦自劾。劾及中書令者，侍中自劾。諸劾、自劾得罪者，皆降平原督郵，協律都尉歌以餞之。劾及協律者，下之蠶室，弦歌詩爲新聲而求幸。」〔一〇〕又書其後云：「右酒令也，戲用漢制爲之。集者止九人，則缺京兆尹；八人，則缺侍中；七人，則御史大夫行丞相事；六人，則缺司直。當飲者皆即飲之，或未舉飲者，亦可計集者之數，以爲除官之數。每當飲者，予一算；除官既周，視其算以爲飲。齊三算者，即飲之。二算者，與其算等者決之。一算，則留以須後律。令載所不及者，比附從事云。」今館閣有小酒令一卷，慶曆中錦江趙景撰。飲戲助歡三卷，元豐中安陽竇譝撰，酒令在焉。玉籤詩一卷，皇朝知黔南縣黄鑄撰，以詩百首爲籤，使探得者隨文勸酒。鑄字德器，柳州人。釣鼇圖一卷，不知作者，刻木爲鼇魚之屬，沈水中，釣之以行勸罰，凡四十類〔一一〕，各有一詩。又有采珠局，亦此類。序稱撰人爲王公，不知其名。凡三十餘類，亦各有一詩。又有捉卧甕人格，皇朝李建中撰〔一二〕，以畢卓、嵇康、劉伶、阮孚、山簡、阮籍、儀狄、顔回、屈原、陶潛、孔融、陶侃、張翰、李白、白樂天爲目，蓋與陳、李之格，大同小異，特各更其名耳。投壺經，唐上官儀嘗奉敕删定〔一三〕，史玄道續注，蓋取周顒〔一四〕、郝同、梁簡文數家之書爲之。司馬文正公更以新格，舊書爲之盡廢。晁子止侍郎公武郡齋讀書志，又有木射圖一卷，云唐陸秉撰。爲十五筍以代侯，擊地毬以觸之。筍飾以朱墨字以貴賤之。朱者，仁、義、禮、智、信，温、良、恭、儉、讓；墨者，慢、傲、佞、貪、濫。仁者勝，濫者負，而行賞罰焉。疑亦此具也。梁王、魏帝，金谷、蘭亭，又皆于遊燕之際以賦詩作賦，不成者罰酒。高續古似孫緯略已詳，此不重出。

94 秦會之當國，決意講和，虜俄背盟，秦不知所措。張巨山嵲時爲司勳郎，爲代作自解之奏，略曰：「伊尹告成湯：『德無常師，主善爲師。』臣前贊議和，今請伐虜，是皆主善爲師。如其不濟，則『陳力就列，不能者止』，當遵孔聖之訓。」秦大喜，擢巨山爲右史，而不知所引皆誤也。時秘書省寓法慧寺，或大書于門云：「周任爲孔聖，太甲作成湯。」秦大怒，疑出于館職，相繼斥去。然史記載伊尹作咸有一德于成湯之時〔一五〕，則司馬子長已誤矣。蔡邕引「致遠恐泥」，新唐書傳引「以能問于不能」，皆以爲孔子之言，亦非。

95 漢杜延年爲御史大夫，居父官府，不敢當舊位，坐卧皆易其處。元魏任城王澄之子順，除吏部尚書，兼右僕射，上省，登堦向榻，見榻甚故，問都令史，答曰：「此榻曾經先王坐。」順即哽塞，涕泗交流，久而不能言，遂令换之。唐薛元超爲中書舍人，省中有盤石，其祖道衡爲隋内史侍郎時，嘗據以草制。元超每見，輒泫然流涕。裴諝五世爲河南，諝視事，未嘗敢當正處。居世官者，當如此矣。

96 晉瑯琊王澄，有高名，少所推服，每聞衛玠言，輒歎息絶倒。時人語曰：「衛玠談道，平子絶倒。」今流俗謂大笑爲「絶倒」，非也。

97 先鑑堂朝野遺事云：「王文正公曾相真宗，吕許公夷簡爲參知政事。仁宗朝，吕爲首相，王再入，議論多不合，王求去甚力。一日，上留許公，問所以處王公者。吕皇恐不敢當。上再三問之。曰：『王某先朝舊臣，當得使相，或洛或許，惟聖裁！』再問其次。曰：

『無已，則大資政，或青或鄆。』上首肯。呂甚喜，出省與宋宣獻綬分路，忘相揖。晚報鎖學士院，諸子問，皆不答。夜深，獨語晦叔曰：『次輔均勞矣。』明日，盛服入朝，則兩麻也。呂判許州，王知鄆州。仁宗聖斷如此。」又孔毅父平仲談苑云：「張鄧公、呂許公同作宰相。一日退朝，仁宗獨留呂公，問曰：『張士遜久在政府，欲與一差遣出去。』呂公曰：『士遜出入兩朝，亦頗宣力。』仁宗曰：『恩命如何？』呂公曰：『與除静江軍節度使，檢校太傅，知許州。』仁宗曰：『不虧他否？』呂公曰：『聖恩優厚。』呂公既退，張、呂姻親也，私焉。曰：『主上獨留公，必是士遜别有差遣。』因祈以恩命。呂沈吟久之，曰：『使弼，使弼。』張亦欣然慰望。是日，張公打屏閤子内物色過半矣。既夕，鎖院。明日早，張公令院子盡般閤子内物色歸家，更不趨待漏院，只就審官東院待漏。既入朝，張公惟祗候宣麻，呂公惟準擬押麻耳。忽有堂吏報呂公云：『相公知許州。』呂公大驚。于是張公押麻，乃呂公除静江軍節度使、檢校太傅、知許州也。」與旹按，呂夷簡、張士遜同相，在天聖、明道間。章獻后上仙，仁宗始親政，與夷簡謀以樞密使張耆、副使夏竦、范雍、趙稹，參知政事；陳堯佐、晏殊，皆章獻所任用，悉罷之。退告郭皇后，后曰：「夷簡獨不附太后邪？但多機巧，善應變耳！」由是並罷夷簡爲武勝軍節度使、同平章事、判陳州。及宣制，夷簡大駭，不知其故。素厚内侍閻文應，使爲中詗，久之，乃知事由皇后。其後再相，贊成廢后之議，實原于此。談苑所載皆不合。且節度使、檢校太傅而不加辨章〔一六〕，亦非使弼。文德殿宣布，惟參政一員押麻，餘宰執皆不往，宰相亦不當押麻。其書疑近世不知典故者所爲，必非孔氏真本〔一七〕。至景祐四年四月，夷簡自昭文相罷爲檢校太師、同平章事、鎮安軍節度使、判許州；王曾自集賢相罷爲尚書左僕射、資政殿大學士、判鄆州，當以遺事爲正。初命曾知青州，既入謝，求改鄆州。又僕射典州，不當云知，遂貼麻改命。綬時參知政事，亦同罷云。第曾初拜相，夷簡執政，皆在乾興元年七月，時仁宗已踐祚。真宗末年，曾參知政事，夷簡知開封府而已。遺事謂曾相真宗，夷簡參知政事，亦誤也。

98 沈存中筆談云：「潁昌陽翟縣有一杜生者，不知其名，邑人但謂之杜五郎。所居去縣三十餘里，惟有屋兩間，其一間自居，一間其子居之。室之前有空地丈餘，即是籬門。杜生不出籬門凡三十年矣。黎陽尉孫軫曾往訪之，見其人頗蕭灑。自言：『村民無所能，何爲見訪？』孫問其不出門之故。笑曰：『以告者過也。』指門外一桑曰：『十五年前，亦曾到此桑下納涼，何謂不出門也？但無用于時，無求于人，偶自不出耳，何足尚哉！』問其所以爲生。曰：『昔時居邑之南，有田五十畝，與兄同耕。後兄之子娶婦，度所耕不足以贍，乃以田與兄，攜妻子至此。偶有鄉人借此屋，遂居之。惟與人擇日，又賣一藥，以具饘粥，亦有時不繼。後子能耕，鄉人見憐，與田三十畝，令子耕之；尚有餘力，又爲人傭耕，自此食足。鄉人貧，以醫自給者甚多，不當更兼其利，自爾擇日、賣藥，一切不爲。』又問常日何所爲。曰：『端坐耳，無可爲也。』問頗觀書否？曰：『二十年前亦曾觀書。』問觀何書？曰：『曾有人惠一書册，無題號，其間多説浄名經，亦不知浄名經何書也。當時極愛其議論，今亦忘之，并書亦不知所在久矣。』氣韻閑曠，言詞精簡，有道之士也。盛寒但布袍草履，室中枵然一榻而已。問其子何如。曰：『村童也，然質性甚淳厚，未嘗妄言，未嘗嬉遊，惟置鹽酪則一至邑中，可數其行跡以待其歸，徑往徑還，未嘗旁遊一步也。』」蔡絛鐵圍山叢談云：「靖康末，有避亂于順昌山中者，深入得茅舍，主人風裁甚整，即之語，士君子也。怪而問曰：『諸君何事挈孥而至是邪？』因語之故。主人曰：『亂何自而起乎？』衆争爲言。主人嗟惻久之，曰：『我父乃仁宗朝人也，自嘉祐末卜居于此，因不復出。以我所聞，但知有熙寧紀年，亦不知于今幾何年矣。』」洪文敏夷堅己志云：「陳元忠少魏，漳州龍溪人，客居南海。嘗赴省試，過南安。會日暮，趨城尚遠，投宿野人家，茅茨數椽，竹樹茂密可愛。主人雖麻衫草履，而舉止談對，宛若士人。几案間有文籍散亂，視之，皆經子也。陳叩之曰：『翁訓子讀書乎？』曰：『種園爲生耳。』『亦入城市乎？』曰：『十五年不出矣。』問藏書何用，曰：『偶有之。』因雜以他語。少焉，暴風雨作，其二子荷蓑負鋤歸。大兒可十八九，小兒十四五，倚鋤前揖，人物可觀，絶不類農家子。翁進豆羹享客，不復共談。遲明，陳別去，至城，以事留。一日，偶適市，見翁倉黄而行。陳追詰之曰：『翁云十五年不入城，何爲到此？』曰：『吾以急事，不容不出。』問其故，不肯言；固問之，乃大兒于關外鬻果失稅，爲關吏所拘，陳爲謁監征，至則已捕送郡。翁與小兒偕謁庭下。長子當杖，翁懇白郡守曰：『某老鈍無能，全藉其力贍給，若渠不勝杖〔一八〕，則異日乏食矣，願以身代。』其小兒曰：『大人豈可受杖，某願代。』兄又以罪在己，甘心焉。三人人争不決。小兒來父耳旁語，若將有所請，翁叱之，兒必欲前。郡守頗疑之，呼問所以。對曰：『大人元係帶職正郎，宣和間累典州郡。』翁急拽其衣使退，曰：『兒狂，妄言。』守詢：『誥敕在否？』兒曰：『見作一束，寘甕中，埋于山下。』守立遣吏隨兒發取，果得之。即延翁上坐，謝而釋其子。次日枉駕訪之，室已虚矣。」三事略相似，世之慕紛華，汩利禄，事表襮者，聞其風泚其顙矣。杜生真有道之士；南安翁棄官而晦其迹，亦人所難能；順昌山中主人，避世者耳。南安翁大兒不能保身，幾禍其父，其亦有愧于杜生之子矣！

99 顔之推家訓云：「昔侯霸之子孫，稱其祖父曰家公。陳思王稱其父曰家父，母曰家母。潘尼稱其祖曰家祖。古人之所行，今人之所笑也。今南北風俗，言其祖及二親，無云家者，田里猥人，方有此言。」之推北齊人。逮今幾七百年，稱家祖者復紛紛皆是，名家望族，亦所不免。家父之稱，俗輩亦多有之，但家公、家母之名少耳！山簡謂「年幾三十，不爲家公所知」，蓋指其父，非祖也。

100 吴曾能改齋漫録云：「仁宗嘗御便殿，有二近侍争辨，聲聞御前。仁宗召問之。曰甲言貴賤在命，乙言貴賤由至尊。帝默然，即以二小金合，各書數字藏于中，曰：『先到者，保奏給事有勞推恩。』封秘甚嚴。先命乙攜一往内東門司，約及半道，命甲攜一繼往。無何，内東門司保奏甲推恩。仁宗怪問之，乃是乙至半道，足跌傷甚，莫能行，甲遂先到。」與旹按唐張鷟朝野僉載：「魏徵爲僕射，有二典事之長參。時徵方寢，二人窗下平章。一人曰：『吾等官職〔一九〕，總由此老翁。』一人曰：『總由天上。』徵聞之，遂作一書遣『由此老翁』者，送至侍郎處，云『與此人一員好官』。其人不知，出門心痛，憑『由天者』送書。明日引注，『由老翁者』被放，『由天上者』得留。徵怪而問焉，具以實對〔二〇〕，乃歎曰：『官職禄料由天者蓋不虚也！』」二事蓋只一事，曾傳聞之誤耳。聖君賢相，一嚬一笑，猶當愛之，豈肯激于一夫之言，而輕用慶賞？鄭公之事，已不足信；而我仁宗皇帝，豈爲是哉！

101 開禧丙寅，眉州重修圖經，號江鄉志，末卷雜記門云：「佛日大師宗杲，每住名山，七月遇蘇文忠忌日，必集其徒修供以薦。嘗謂張子韶侍郎曰：『老僧東坡後身。』張曰：『師筆端有大辯才，非老先生而何！』鄉僧可昇在徑山爲侍者，親聞此語。」今按杲年譜，蓋生于元祐四年己巳；而東坡卒于建中靖國元年辛巳，此時杲已十三歲矣。杲平生尊敬東坡，忌日修供或有之，必無後身之説，可昇之妄也。

102 封國公者，先小國，次次國，後大國；已至大國者，許于本等内改封，國朝之制也。洪忠宣以子貴，追封鄱，徙封衛。乾道三年十二月改封魏矣，至七年四月又再封魏。其誥前銜稱「贈太師，追封魏國公」。後又云〔二〕：「可特追封魏國公，餘如故。」范文穆行詞，略云：「魏大名也，其命維新。」或謂既不改封他國，何必命詞給告，他人未見有重複如此者。然余讀許崧老翰外制，有大禮封贈曾祖追封楊楚國公贈太師者，逸其姓名。注云：「元贈太師，追封楊楚，今再封。」制略曰：「封兼楊楚，位極公師。雖寵數不可以復加，而申命用昭其無斁。」則知已有前比矣。

103 後漢陳寵傳云：「十三月，陽氣已至，天地已交，萬物皆出，蟄蟲始振。人以爲正，夏以爲春。」又隋書牛弘傳云：「今十一月不以黄鍾爲宮，十三月不以太簇爲宮，便是春木不王，夏土不相。」則知正月亦可稱十三月。魯氏自備但記陳寵一事云。

104今世男子初入學，多用五歲或七歲。蓋俗有「男忌雙，女忌隻」之説，以至笄冠亦然。按北齊書李渾弟繪傳：「繪年六歲，便自願入學。家人以偶年俗忌，約而弗許。伺其伯姊筆牘之間，而輒竊用。未幾，遂通急就章。内外異之。」則其來久矣。

105陶穀五代亂紀載〔一二〕：「黄巢遁免，後祝髮爲浮屠，有詩云：『三十年前草上飛，鐵衣著盡著僧衣。天津橋上無人問，獨倚危欄看落暉。』」近世王仲言亦信之，筆于揮麈録。殊不知此乃以元微之智度師詩竄易磔裂，合二爲一。元集可攷也。其一云：「四十年前馬上飛，功名藏盡擁僧衣。石榴園下擒生處〔一三〕，獨自閑行獨自歸。」其二云：「三陷思明三突圍，鐵衣抛盡納禪衣。天津橋上無人識，閑凭欄杆望落暉。」

106齊己折楊柳詞：「穠低似中陶潛酒，軟極如傷宋玉風。」以中酒之中爲去聲，于義爲長。徐邈「中聖人」，三國志既無音，未可懸斷爲平聲也。

107「毋持布鼓過雷門」，漢王尊語。師古注謂：「雷門，會稽城門也。有大鼓，越擊此鼓，聲聞洛陽，故尊引之也。布鼓，謂以布爲鼓，故無聲。」曾文清詩：「敗鼓無聲强自撾，不堪持過阿香家。」似用王語點化，而誤以雷門爲雷霆之雷。洪文敏續筆謂：城門名用一字者爲雅馴，歷舉左氏、公羊諸書所載，亦獨遺此。

108鮑明遠行路難首云：「奉君金巵之美酒，瑇瑁玉匣之瑶琴，七綵芙蓉之羽帳，九華蒲萄之錦衾。」黄魯直送王郎：「酌君以蒲城桑落之酒，泛君以湘纍秋菊之英，贈君以黟川點漆之墨，送君以陽關墮淚之聲。」正用其體。

109漢儋耳郡，本朱厓之地，唐爲儋州，本朝爲昌化軍，中國極南之地也。山海經：「儋耳之國，在大荒北，任姓禺號，子食穀北海之渚中。」郭景純注云：「其人耳大，下儋垂在肩上。朱厓儋耳，鏤畫其耳，亦以放之也。」吕氏春秋審分覽任數篇亦曰〔二四〕：「東至開梧，南撫多顒，西服壽靡，北懷儋耳。」高誘注云：「北極之國。」又恃君覽云：「鴈門之北，鷹隼所鷙。須窺之國，饕餮、窮奇之地，叔逆之所，儋耳之居，多無君。」注云：「北方狄，無君者也。」則是極北別有一儋耳，朱厓之名蓋晚出云。

110 古今論天體者，言人人殊。然天主動，地主靜，未有謂地動者也。惟考靈曜曰：「地有四遊，冬至地上，北而西三萬里；夏至地下，南而東三萬里；春秋二分，其中矣。地恒動不止，譬如人在舟而坐，舟行而人不覺。」其説獨異。

111 陸放翁入蜀記載其入沌後，「見舟人焚香祈神云：『告紅頭須小使頭，長年三老，莫令錯呼錯喚。』問：『何謂長年三老？』云：『梢公是也。』〔二五〕長讀如長幼之長。乃知老杜『長年三老長歌裏，白晝攤錢高浪中』之語蓋如此。因問：『何謂攤錢？』云：『博也。』按梁冀『能意錢之戲』，注云：『即擲錢也。』則攤錢之爲博，亦信矣」。予以世人讀詩者〔二六〕，多以長字爲平聲，故載陸語。

校　記

〔一〕「誌」字原脱，據宋本補。

〔二〕「上」，原作「立」，據宋本改。

〔三〕「少」字原脱，據宋本補。

〔四〕「數」，宋本作「誤」。

〔五〕「鵾」，原作「鵬」，據宋本及歐集卷八原文改。

〔六〕「飲量」，原作「量飲」，據歐集原文乙。

〔七〕「之」字原脱，據歐集原文補。

〔八〕「歐文忠醉翁亭記」，宋本作「周文忠謂醉翁亭記」。按，歐陽修及周必大皆謚文忠。今歐集卷八九射格後有圖，且有題識云云，不著姓氏，或即周氏所題耶（參看本書附録何焯批語）。

〔九〕「堯舜」，宋本作「堯帝」，較勝。按尚書皋陶謨：「惟帝其難之。」注云：「言帝堯亦以知人、安民爲難。」

〔一〇〕「幸」，原作「華」，據宋本改。

〔一一〕「類」，原作「韻」，據宋本改。

〔一二〕「建」，原作「廷」，據宋本改。李建中，見宋史卷四四一文苑傳。

〔一三〕「唐上官儀」，原脱「唐」字，據宋本補。

〔一四〕「取」，宋本作「采」。

〔一五〕「史記」，宋本作「史記殷本紀」。

〔一六〕「辨章」，宋本作「平章」。按，書堯典：「平章百姓。」鄭作「辯章」，尚書大傳作「辨章」，是辨章即平章也。趙氏喜用古字古稱，作「辨章」當不誤。又，宋承唐制，以同平章事爲宰相之職，疑刻書者改「辨」爲「平」，以從時俗。

〔一七〕「真本」，宋本作「本真」。

〔一八〕「若渠不勝杖」下，宋本作：「『則翼日之食缺矣，願以身代之。』小兒曰：『大人豈可受杖，某願代兄。』兄又以罪在己，甘心焉。」

〔一九〕「吾」，宋本作「我」。

〔二〇〕「具」，原作「其」，據宋本改。

〔二一〕「後又」，原作「又後」，據宋本乙。

〔二二〕「五代亂紀」，據揮麈後録卷七及全唐詩所注黄詩出處，當作五代亂離記。

〔二三〕「擒」，原作「檎」，據宋本改。

〔二四〕「任數」，原作「任穀」，據宋本及吕覽改。

〔二五〕「梢公」，宋本作「梢工」。

〔二六〕「讀詩者」，宋本作「讀杜詩者」。

賓退録卷第五

112 列仙傳：「琴高，趙人也。以鼓琴爲宋康王舍人。行涓、彭之術，浮游冀州涿郡間二百餘年。後辭入涿水中取龍子。弟子潔齋候于水旁，且設祠屋。果乘赤鯉出，祠中留一月餘，復入水去。」今寧國涇縣東北二十里有琴溪〔一〕，溪之側有石臺，高一丈，曰琴高臺，相傳琴高隱所〔二〕，有廟存焉。溪中別有一種小魚，他處所無，俗謂琴高投藥滓所化，號琴高魚。歲三月，數十萬一日來集。漁者網取，漬以鹽而曝之。州縣須索無藝，以爲苞苴土宜，其來久矣。舊亦入貢，乾道間始罷。前輩多形之賦咏，梅聖俞、王禹玉、歐陽文忠公，皆有和梅公儀摯琴高魚詩。聖俞詩云：「大魚人騎上天去，留得小鱗來按觴。吾物吾鄉不須念，大官常膳有肥羊。」禹玉詩云：「三月江南花亂開，清溪曲曲水如苔。琴高一去無蹤跡，枉是漁人尚見猜。」文忠詩云：「琴高一去不復見，神仙雖有亦何爲。溪鱗佳味自可愛，何必虛名務好奇。」聖俞又有宣州雜詩二十首，其一云：「古有琴高者，騎魚上碧天。小鱗隨水至，三月滿江邊。少婦自撈漉，遠人無棄捐。憑書不道薄，賣取青銅錢。」聖俞，宣人也。汪彦章嘗賦長篇：「百川萃南州，水族何磊砢〔三〕，其間琴高魚，初未列楚些〔四〕。豈堪陪薨鮮，裁用當殺果。土人私自珍，千里事封裹，遂令四方傳，噍嚼亦云頗。俗云琴高生，控鯉宛溪左，靈蹤散如煙，遺鬣尚餘顆。向來騎鯨人，逸駕嘗慕我，不應當時遊，反用此么麽。得非放齊諧〔五〕，怪者記之過？彭越小如錢，蹤迹由漢禍。越書載王餘，變化更微瑣。因知天地間〔六〕，人莫窮物夥。區區于其中，臆決蓋不可。僞真我何知〔七〕，且用慰頤朵。」故山谷送舅氏野夫之宣城詩有云：「籍甚宣城郡，風流數貢毛。霜林收鴨脚，春網薦琴高。」蜀人任淵注此詩，不知宣城土地所宜，但引列仙傳事，直云：「琴高，鯉魚也。」誤矣！公儀詩恨未見，汪詩不載集中。

113 吴虎臣曾漫録云：「婺州下俚有俗字，如以𡚸爲矮，𩚬爲齋，訟牒文案亦然。」范文穆桂海虞衡志云：「邊遠俗陋，牒訴券約，專用土俗書，桂林諸邑皆然。今姑記臨桂數字，雖甚鄙野，而偏旁亦有依附。𡚸音矮，不長也。𨳒音穩，坐于門中，穩也。𡘜亦音穩，大坐亦穩也。仦音嫋，小兒也。奀音勒，人瘦弱也。𤯓音終，人亡絕也。𠄏音臘，不能舉足也。𡚻音大，大女及姊也。𥑮音磡，山石之岩窟也。閂音櫳，門橫關也。他不能悉記。」嶺外代答于此外又記五字。氽音酋，言人在水上也。氼音魅，言没入水下也。閃，和馘切，言隱身忽出，以驚人之聲也。⿰毛巴音鬍，言多髭也。丼，東敢切，以石擊水之聲也。余按魏書江式傳，延昌三年，上表論字體不正，略曰：「皇魏承百王之季，紹五運之緒。世易風移，文字改變，篆形謬錯，隸體失真。俗習鄙習，復加虚巧，談辨之士，又以意説，炫惑于時，難以釐改。乃曰追來爲歸，巧言爲辨，小兒爲魗，神蟲爲蚕，如斯甚衆。」又顔氏家訓載：「北朝喪亂之餘，書迹鄙陋，加以專輒造字，乃以百念爲憂，言反爲變，不用爲罷，追來爲歸，更生爲蘇，先人爲老。如此非一，徧滿經傳。」乃知俗字何代無之，車同軌，書同文，豈易能哉！與昔昔年侍先人官贑之石城，俗字如此者尤多，今不能記憶。唐君臣正論載：「武后改易新字，如以山水土爲地，千千万万爲年，永主久王爲證，長正主爲聖，一忠爲臣，一生爲人，一人大吉爲君。」然嘗考之，但有埊、𠡦、𢘑、𤯔四字合。證作𡔈，聖作𨲢，君作𠳐，皆與正論所言不同。今大理國文書至廣右者，獨書國作圀，亦后所改。又吴主孫休名字四子，嘗創𩅦音灣、⿱艹冏音迄、⿱覀夫音觥、⿱覀舛音礩、⿰壴巨音莽、昷音舉、⿱穴鬼音褒、⿰禾⿱大又音擁八字。南漢劉岩自製龑音儼字爲名，蓋取飛龍在天之意云。

114 論語：「子張問崇德、辨惑。子曰：『主忠信，徙義，崇德也。愛之欲其生，惡之欲其死，既欲其生，又欲其死，是惑也。』『誠不以富，亦祇以異。』」古注曰：「此詩小雅也。祇，適也。言此行誠不足以致富，適足以爲異耳。取此詩之異義以非之。」正義曰：「取此詩之異義，以非人之惑也。」范氏謂：「人之成德不以富，亦祇以行異于野人而已。」侯氏謂：「若其誠不富，祇以取異耳。」伊川謂：「此錯簡，當在第十六篇『齊景公有馬千駟』之上，因此下文亦有『齊景公』字而誤也。」楊文靖、尹和靖、朱文公皆從之。南軒謂：「言其誠實之不富，祇以自取異云耳。」與旹按，「我行其野」之詩，「誠」作「成」，取義與此不類，不當遷就以求合。此孟子所謂「説詩者不以文害辭，不以辭害志」者也。嘗聞平菴趙先生云：「此詩因子張之問而答之。學者之學聖人，蓋不止此。富者，道盛德至善之謂。常人不能主忠信，不能徙義，愛之者未免欲其生，惡之者未免欲其死。若能反之，誠未可謂之至善，但亦足以異于常人而已。」此説最明白。

115 唐張鷟自號浮休子，張芸叟蓋襲其名。

116 南唐保大中，賜道士譚紫霄號「金門羽客」，事見廬山記。祐陵賜林靈素號〔八〕，用此故事。

117 彭器資、洪忠宣皆號鄱陽集。王岐公、張彥正皆號華陽集。楊文公、胡文定皆號武夷集。魏仲先、李漢老皆號草堂集。謝無逸、俞退翁、傅子駿皆曰溪堂。蘇子美、張會川、張徽皆曰滄浪。李師中、石守道皆曰徂徠。晏元獻、王荆公皆曰臨川。它如錢文僖有伊川集，邵康節有伊川擊壤集，而程子又號伊川。朱文公編二程文，題河南程氏文集，而尹師魯先有河南集。又吕居仁舍人詩曰東萊先生詩集，而從孫太史成公，學者亦尊之曰東萊先生，其著述尤多。凡此數者，驟見其名，未免疑混，要皆不若漢魏以來諸文人，但標姓名曰某人某人集之爲明白洞達也。

118 漢書揚雄傳云：「劉棻嘗從雄學作奇字。」韓文公題張十六所居詩云：「端來問奇字，爲我講聲形。」然傳但云「學作奇字」，不言「問奇字」，後來相承而用，蓋又以韓詩爲本。傳又云：「家素貧，嗜酒，人希至其門。時有好事者，載酒肴從遊學。」與前「學作奇字」，凡隔數十字，了不相涉。而近世文人多云「載酒問字」「載酒問奇字」之類，不知何所本也。藝文志云：「蕭何草律，太史試學童能諷書九千字以上，乃得爲史。又以六體試之，課最者以爲尚書、御史、史書令史。六體者，古文、奇字、篆書、隸書、繆篆、蟲書。」師古曰：「古文，謂孔子壁中書；奇字，則古文而異者也。」許叔重説文解字云：「亡新居攝，使大司空甄豐等校文書之部。時有六書：一曰古文，孔子壁中書也；二曰奇字，即古文而異者也。」與顔注合。其後晉衛巨山四體書勢、元魏江式論書表皆同。然則奇字者，與科斗文字略相似，而異于小篆，六書之一體耳。今人才見書籍中難字，便謂之奇字，非也。容齋三筆摘周禮中字，如𢸍、罊、飌、䲃之類，凡數十爲一則，題曰周禮奇字，且云：「前賢以爲此書出于劉歆。歆嘗從揚子雲學作奇字，故用以入經。」蓋亦失于詳考。學作奇字者，歆之子棻，亦非歆也。

119 王荆公一日訪蔣山元禪師，坐間談論，品藻古今。元曰：「相公口氣逼人，恐著述搜索勞役，心氣不正，何不坐禪，體此大事？」又一日謂元曰：「坐禪實不虧人。余數年欲作胡笳十八拍不成，夜坐間已就。」元大笑。事見宗門武庫。

120 元魏青州刺史公孫邃卒官。高祖在鄴宫爲之舉哀。青州佐吏疑爲所服。詔主簿：「近代相承服斬，過葬便除，可如故事。自餘無服，大成寥落，可準諸境内之民爲齊衰三月。」則知境内之民，舊爲刺史制服矣。近世所無也。然河中蒲坂人石文德，自祖父苗以來，凡刺史守令卒官者，皆制服送之。朝廷遂標榜門閭，史官復列之節義傳，夸而書之。

審如邃傳所言，則文德之事，不足爲異矣。此又何邪？

121 啓顔録載，元魏太府少卿孫紹對靈太后：「臣年雖老，臣卿乃少。」于是拜正卿。按魏書亦書此事。然紹自太府少卿，遷右將軍、大中大夫，非正卿也。孝莊建義初，復除衛尉，少卿、將軍如故。永安中，方拜太府卿〔九〕。

122 權利所在，小人之所必争，故雖父子之親，有不恤也。晉會稽王道子得政之久，末年有疾，加以昏醉。其子元顯，知朝望去之，謀奪其權，諷天子解道子揚州刺史及司徒，而道子不之覺。元顯遂自爲揚州刺史。既而道子酒醒，方知去職，于是大怒，而無如之何。其後又加元顯録尚書事。先是謝安薨後，道子已録尚書，至是更爲長夜之飲，政無大小，一委元顯。時謂道子爲「東録」，元顯爲「西録」。西府車騎填凑，東第門下可設雀羅矣。蔡京、蔡攸，父子俱貴，權勢日相軋〔一〇〕。輕薄者互煽摇以立門户，由是父子遂爲仇敵。攸别賜第，嘗詣京，京方與客語，使避之，而呼攸入。甫就席，遂起握父手爲切脉狀，曰：「大人脉勢舒緩，體中得無有疾乎？」京曰：「無之。」攸曰：「禁中適有公事，不得留。」遂去。客竊窺得其事，以問京。京曰：「君不解此，此輩欲以吾疾罷我也。」居數日，京果致仕。又以季弟絛鍾愛于京，數白徽宗請殺之。徽宗曰：「太師老矣。」不許，但削絛官而已。此四臣者，卒皆貽家國之禍。善乎康節先生之言曰：「人之所謂親，莫如父子也。人之所謂疏，莫如路人也。利害在心，則父子過路人遠矣。父子之道，天性也，利害猶或奪之，況非天性者乎？夫利害之移人，如是之深也！可不慎乎？路人之相逢則過之，固無相害之心焉，無利害在前故也。有利害在前，則路人與父子又奚擇焉！路人之能相交以義，又何況父子之親乎？夫義者，讓之本也；利者，争之端也。讓則有仁，争則有害，仁與害何相去之遠也！堯、舜亦人也，桀、紂亦人也，人與人同，而仁與害異耳。仁因義而起，害因利而生。利不以義，則臣弒其君者有焉，子弒其父者有焉，豈若路人之相逢一目，而交袂于中逵者哉。」

123 歐陽文忠公著五代史記梁太祖本紀：初稱温，賜名後稱全忠，封王後稱王，至即位始稱皇帝。徐無黨注曰：「始而稱名，既而稱爵，既而稱帝，漸也。爵至王而後稱，著其逼者。」末帝而下，訖于漢、周諸帝紀皆然。而新唐書本紀，高祖之生，即稱「高祖」。太宗方四歲，已書「太宗」。二書出一手，而書法不同如此，未詳其旨。宜黄李子經郛作緯文瑣語亦云：唐、五代史書，皆公手所修，然義例絶有不同者，一人之作，不應相去如此之遠。議者謂唐書蓋不盡出公意。

124 前車之覆，後車之戒也。元魏道武以服寒食散發動，喜怒乖常，遂來弒逆。其子明元，可以已矣，而又服此藥，不堪萬機，旋致夭折。唐穆宗因擊毬暴得疾，浸淫以至于崩。其子敬宗亦可以已矣，而聽政未踰月，已連日爲此戲。自此馳逐不已，宦者怨懼，不三年而身罹不測之禍。所謂下愚不移者歟！

125 俗説愚人以八百錢買匹絹，持以染緋，工費凡千二百，而僅有錢四百，于是併舉此絹，足其數以償染工。艾子云：「人有徒行，將自呂梁託舟趨彭門者，持五十錢造舟師。師曰：凡無齎而獨載者，人百錢；汝尚少半，吾不汝載也。人曰：姑收其半，當爲挽縴至彭門以折其半。」又夷堅戊志載：「汪仲嘉大猷自言，其族人之僕出幹，抵暮趦趄呻吟而來。問：『何爲？』曰：『恰在市橋上，有保正引繩縛二十人過，亦執我入其中。我號呼不伏，則以錢五千置我肩上曰：「以是倩汝替我喫縣棒。」我度不可免，又念經年傭直，不曾頓得五千錢，不可失此，遂勉從之。到鄞縣，與同縛者皆決杖，乃得脱。』汪曰：『所得錢何在？』曰：『以謝公吏及杖直之屬，僅能給用；向使無此，將更受楚毒，豈能便出哉！』汪笑曰：『憨畜産！可謂癡人。』僕猶愠曰：『官人，是何言！同行二十人，豈皆癡邪？』竟不悟。」前二事蓋寓言以資笑謔，而後一事乃真有之。

126 吴虎臣辨唐異聞集所載，開元中道者吕翁，經邯鄲道上邸舍中，以囊中枕借盧生睡事〔一一〕，謂：「此吕翁非洞賓也。蓋洞賓自序，以爲吕渭之孫。渭仕德宗朝；今云開元中，則吕翁非洞賓，無可疑者。而或者又以爲『開元』恐是『開成』字，亦非也。開成雖文宗時，然洞賓此時未可稱翁。本朝國史稱：『關中逸人吕洞賓，年百餘歲，而狀貌如嬰兒，世傳有劍術。時至陳摶室。』若以國史證之，止云『百餘歲』，則非開元人明矣〔一二〕。雅言系述有吕洞賓傳云：『關右人，咸通中舉進士不第。值巢賊爲梗，攜家隱居終南，學老子法。』以此知洞賓乃唐末人。」此皆吴説。蕭東夫吕公洞詩云：「復此經過三十年，惟應岩石故依然。城南老樹朽爲土，簷外稚松青拂天。枕上功名祇擾擾，指端變化又玄玄〔一三〕。刀圭乞與起衰病，稽首秋空一劍仙。」第五句誤用吕翁事。又唐逸史：「虞鄉、永樂兩縣連接。有吕生者，居二邑間。爲童兒時，畏聞食氣，惟食黄精，日覺輕健，耐風寒。見文字及人語〔一四〕，率不忘。母及諸妹，每勸其食，不從。後以猪脂置酒中，强使飲。生方固拒，已噓吸其氣。忽一黄金人長二寸許，自口出，即仆卧困憊，移時方起。先是生年近六十，鬚髮如漆〔一五〕，至是皓首。恨惋垂泣，再拜别母去，之茅山，不知所終。」此又一人也。何神仙多吕氏乎？

127俗謂婚姻之家曰親家，唐人已有此語，見蕭嵩傳。又有以親字爲去聲，若亦有所據。盧綸作王駙馬花燭詩有「人主人臣是親家」之句。

128山海經：「洞庭之山，帝之二女居之。」郭氏注云：「天帝之二女，而處江爲神，即列仙傳江妃二女也。離騷九歌所謂湘夫人，稱帝子者是也。」而河圖玉版曰：「湘夫人者，帝堯女也。秦始皇浮江至湘山，逢大風，而問博士：『湘君何神？』博士曰：『聞之，堯二女，舜妃也，死而葬此。』」列女傳曰：「二女死于江湘之間，俗謂爲湘君。」鄭司農亦以舜妃爲湘君。説者皆以「舜陟方而死，二妃從之，俱溺死于湘江，遂號爲湘夫人」。按九歌，湘君、湘夫人，自是二神。江湘之有夫人，猶河洛之有虙妃也。此之爲靈，與天地並矣，安得謂之堯女？且既謂之堯女，安得復總云湘君哉？何以考之？禮記曰：「舜葬蒼梧，二妃不從。」明二妃生不從征，死不從葬，義可知矣。即令從之，二女靈達，鑒通無方，尚能以鳥工龍裳救井廩之難，豈當不能自免于風波，而有雙淪之患乎？假復如此傳曰：「生爲上公，死爲貴神。」〔一六〕禮：「五嶽比三公，四瀆比諸侯。」今湘川不及四瀆，無秩于命祀；而二女帝者元后，配靈神祇，無緣當復下降小水，而爲夫人也。參伍其義，義既混錯；錯綜其理，理無可據，斯不然矣。原其致謬之由，由乎俱以帝女爲名，名實相亂，莫矯其失，習非勝是，終古不悟。可悲矣！其説最近理，而古今傳楚詞者，未嘗及之。書于此以祛千古之惑。張華博物志多出山海經，然卷末載湘夫人事，亦誤以爲堯女也。

129 戰國策舊傳高誘注，殘缺疎略，殊不足觀。姚令威寬補注，亦未周盡。獨縉雲鮑氏彪校注爲優，雖間有小疵，多不害大體。惟東西二周一節，極其舛謬，深誤學者，反不若二氏之説是。然高氏但云：「東周，成周，今洛陽。西周，王城，今河南。」其説甚略。姚氏特作世系譜，似稍詳矣，而亦未備。其指鞏爲東周，則又未免小誤。今世學者，但知鎬京之爲西周，東遷之爲東周而已。若敬王之遷成周，固已漫漶；至于兩周公之東、西周，則自非熟于考古者，蓋茫不知其所以也。此鮑氏之誤，所以不得不辨。余故博采載籍，究極本末而論焉。周之先，后稷始封于邰，不窋自竄于戎狄，公劉徙居于豳。至于太王，徙居岐周；文王降崇，乃作豐邑，自岐而徙都焉。武王之時，復營鎬京而居之。詩書稱宗周者，指鎬京也。迄東遷之前，無所遷徙。然武成云：「王來自商，至于豐。」召誥序云：「成王在豐。」周官序云：「還歸在豐。」左傳亦曰：「康有酆宮之朝。」則雖改邑于鎬，而豐宮元不廢。蓋豐在京兆鄠縣，鎬在長安縣西北十八里，相距纔二十五里，往來不爲勞也。武王克商之後，嘗曰：「我南望三塗，北望岳鄙，顧瞻有河，粤瞻伊洛，毋遠天室，營周居于洛邑。」蓋洛邑居土地之中，宜作天邑。武王既得天下，有都洛之意矣，而未暇及也，先于其地遷九鼎焉。武王崩，周公相成王，成武王之志，營以爲都，是爲王城。其地實郟鄏，亦名河南，洛誥所謂「我乃卜澗水東，瀍水西，惟洛食」者也。洛陽者，周公營下都，以遷殷頑民，是爲成周。其地又在王城之東，洛誥所謂「我又卜瀍水東，亦惟洛食」者也。洛誥序云：「周公往營成周。」則成周乃東都總名。河南，成周之王城也。洛陽，成周之下都也。王城，非天子時會諸侯則虛之。下都，則保釐大臣所居治事之地；周人朝夕受事，習見既久，遂獨指以爲成周矣。按洛誥：「王祀于新邑。」召誥：「王來紹上帝，自服于土中。」則成王固嘗居之，然卒駕而西也。宣王中興，嘗一會諸侯于東都。下至幽王，爲犬戎所弒〔一七〕。宗周迫近戎狄，平王之立，不得已而東遷都于王城，始奠居焉。自是始有東、西周之名。謂之東者，以別于鎬京之爲西耳；河南、洛陽未分畫也。王子朝之亂，其餘黨多在王城，敬王畏之，徙都成周。後九十餘年，考王弒兄而自立，懼弟揭之議己，遂以王城封之，以續周公之官職，是爲西周桓公。此時未有東周公，而稱西周者，後人推本而言之也。桓公傳威公，威公傳惠公。考王十五年，西周惠公封其少子班于鞏，以奉王，是爲東周惠公。父子同謚。而西周惠公長子，自爲西周武公。自是周公之國，始分東西，成周爲東周，王城復爲西周矣。蓋自河南桓公續周公之職，而秉政三世益專〔一八〕，所以別封少子使奉王者，殆欲獨擅河南之地，不復奉王。且王城、成周，皆爲東、西周君所有，天子直寄焉耳。東周者，指周王所居之洛陽也。鞏，班之采邑也。世本曰：「東周惠公名班，居洛陽。」是班秉政于洛陽，而采邑則在鞏。前漢地理志曰：「鞏，東周所居。」姚令威用其説，非也。赧王時，東、西周分治，王復徙都西周。至五十九年，秦昭王使將軍摎攻西周，西周君奔秦，頓首受罪，盡獻其邑三十六。秦受其獻，歸其君于周。蓋權移于下，其極乃至于盡獻其邑于它人，亦不出于天子之命矣。是年王赧卒，其國先絶。西周武公亦卒，秦遷西周公于𢠸狐，實武公之子公子咎者。而東周惠公之後，亦尚能一傳。後七歲，秦莊襄王盡滅東、西周，周始不祀。大略如此。戰國策之西周，即揭之西周。戰國策之東周，即班之東周。西周建國在東周之前，而舊書躋東周于西周之上，爲失其次。鮑氏正之，是矣。但其説曰：「西周，正統也，不可以後于東周。」其注「韓使人讓周」，則曰：「此時周之命已不行于諸侯矣。」其注「周君謀主也」，則曰：「猶爲天子故。」它如此類不一。又盡以西周之策，分繫之安、赧二王，蓋直以西周爲天子，而不知實桓、威諸公之事也。余嘗反覆考之，東、西二周之策，皆曰「周君」，周君之自謂，必曰「小國」，曰「寡人」，皆當世諸侯之稱。其間或及周王，則直稱「王」，或稱「天子」，非不明白。鮑氏乃比而一之，可乎？原其致誤之由，蓋亦有説。温人之辭云：「今周君天下，則我天子之臣。」周君天下者，言周王之君天下也。鮑必誤以爲周君有天下矣。又「東周與西周戰，韓救西周。或爲東周謂韓王曰〔一九〕：『西周者，故天子之國也，多名器重寶。』」是時周王未徙，西周故天子之國者，謂敬王故都也。鮑必愈疑西周君即天子矣。不特此也，周王、周公，國號既同，史記不爲二周公立世家，而混書其事于周紀。宋忠注「周君、王赧卒」，又不知周君與王赧此年俱卒；但見二者連文，遂謂「赧王卒，謚西周武公」。小司馬、張守節輩，皆能辨之。然世多承其誤，雖如司馬文正公亦不能免，通鑑直以奔秦獻邑者爲赧王。稽古録中，復誤以西周桓公爲東周。無責乎鮑也。東周策首章書秦臨周求鼎事。鼎實在西，不在東也。豈周王在東，故東周君猶能挾天子以制命歟？不然，則錯簡也。注家皆無發明者，因併及之。

130 曾文清訪戴圖詩：「小艇相從本不期，剡中雪月並明時。不因興盡回船去，那得山陰一段奇？」近歲豫章朱子儀亦賦此詩：「四山摇玉夜光浮，一舸玻璃凝不流。若使過門相見了，千年風致一時休。」末句實祖文清之意。

131 俗諺「洗脚上船」，語見三國志呂蒙傳注引吴録曰：「孫權欲作濡須塢。諸將皆曰：『上岸擊賊，洗足上船，何用塢爲？』蒙曰：『兵有利鈍，戰無百勝，如有邂逅，敵步騎蹙人，不暇及水，其得入船乎？』權曰：『善。』遂作之。」

132「淳熙十四年冬十一月，丙寅，宰執奏事延和殿，宿直官洪邁同對，因論高宗謚號〔二〇〕。孝宗聖諭云：『太上時，有老中官云：太上臨生，徽宗嘗夢吴越錢王引徽宗御衣云：我好來朝，便留住我，終須還我山河，待教第三子來。』邁又記，其父皓在虜買一妾，東平人，偕其母來。母曾在明節皇后閤中，能言顯仁皇后初生太上時，夢金甲神人自稱錢武肅王，寤而生太上。武肅，即鏐也，年八十一，太上亦八十一。卜都于此，亦不偶然。」張淏雲谷雜記僅載其略，且不記其語之所自得。獨周必大思陵録備載其詳如此。上所諭錢王，指俶；俶第三子，惟渲也，終團練使。

校記

〔一〕「寧國涇縣」，宋本作「寧國府涇縣」。

〔二〕「相」，宋本作「俗」。

〔三〕「磊砢」，原作「磊磊」，據宋本改。

〔四〕「未」，原作「來」，據宋本改。

〔五〕「放」，宋本作「效」。按二字義同。
〔六〕「因」，原作「同」，據宋本改。
〔七〕「我」，宋本作「吾」。
〔八〕「祐陵」上原有「宋」字，據宋本删。
〔九〕「太」，原作「少」，據宋本改。
〔一〇〕「日」，原作「自」，據宋本改。
〔一一〕「囊」，原作「槖」，據宋本及能改齋漫録原文改。
〔一二〕「人」，原作「又」，據宋本及能改齋漫録原文改。
〔一三〕「又」，原作「只」，據宋本改。學海本亦作「又」，上句作「初擾擾」。
〔一四〕「及」，原作「友」，據宋本改。
〔一五〕「鬢」，宋本作「鬢」。
〔一六〕「神」，原作「人」，據宋本改。
〔一七〕「弑」，原作「滅」，據宋本改。
〔一八〕「益」，原作「蓋」，據宋本改。
〔一九〕「或」字原脱，據宋本補。
〔二〇〕「論」，原作「諭」，據宋本改。

賓退録卷第六

133 路德延處朱友謙幕府，作孩兒詩五十韻以譏友謙。本朝張師錫追次其韻，賦老兒詩一篇。二詩曲盡老幼之情狀。張詩用韻妥帖，不類次韻者，尤爲難能。今兩録之。孩兒詩曰：「情態任天然，桃紅兩頰鮮。乍行人共看，初語客多憐。臂膊肥如瓠，肌膚軟勝綿。長髮纔覆額，分角漸垂肩。散誕無塵慮，逍遥占地仙。排衙朱閣上，喝道畫堂前。合調歌楊柳，齊聲踏采蓮。走堤衝細雨，奔巷趁輕烟。嫩竹乘爲馬，新蒲掉作鞭。鶯雛金鏇繫〔一〕，猧子綵絲牽。擁鶴歸晴島，驅鵝入浴暖泉。楊花爭弄雪，榆葉共收錢。錫鏡當胸挂，銀珠對耳懸。頭依蒼鶻裹，袖學柘枝揎。酒殢丹砂暖，茶催小玉煎。頻邀籌箸插，時乞繡針穿。寶篋拏紅豆，粧奩拾翠鈿。短袍披案褥，尖帽戴靴氈。展畫趨三聖，開屏笑七賢。貯懷青杏小，垂額緑荷圓。驚滴沾羅淚，嬌流污錦涎。倦書饒婭姹，憎藥巧遷延。弄帳鸞綃映，藏衾鳳綺纏。指敲迎使鼓，箸撥賽神弦。簾拂魚鈎動，箏推鴈柱偏。棊圖添路畫，笛管欠聲鐫。惱客初酣睡，驚僧半入禪。尋蛛窮屋瓦，采雀遍樓椽。拋果忙開口，藏鈎亂出拳。夜分圍榾柮，朝聚打鞦韆。折竹裝泥燕，添絲放紙鳶。互誇輪水碓，相教放風旋。旗小裁紅絹，書幽截碧牋。遠鋪張鴿網，低控射蠅弦。吉語時時道，謡歌處處傳。匿窗肩乍曲，遮路臂相連。鬬草當春逕，争毬出晚田。柳傍慵獨坐，花底困横眠。等鵲潛籬畔，聽蛩伏砌邊。旁枝拈粉蛺，隈樹捉鳴蟬。平島誇蹻上，層崖逞捷緣。嫩苔車跡小，深雪履痕全。競指雲生岫，齊呼月上天。蟻窠尋逕斸，蜂穴遶堦填。樵唱迴深嶺，牛歌下遠川。壘柴爲屋木，和土作盤筵。險砌高臺石，危跳峻塔磚。忽升鄰舍樹，偷上後池船。項橐稱師曰，甘羅作相年。明時方在德，戒爾滅狂顛。」老兒詩曰：「鬢髮盡皤然，眉分白雪鮮。週遮延客話〔二〕，傴僂抱孫憐。無病常供粥，非寒亦衣綿。假温衾擁背，借力杖揞肩。貌比三峯客，年過四皓仙。唤方離枕上，扶始到門前。每愛烹山茗，常嫌飣石蓮。耳聾如塞纊，眼暗似籠烟。宴坐羸憑几，乘騎困𩋃鞭。頭摇如轉旋，脣動若抽牽。骨冷愁離火，牙疼怯漱泉。形骸將就木，囊橐尚貪錢。膠睫乾眵綴，粘髭冷涕懸。披裘腰懶繫，濯手袖慵揎。擡舉衣頻换，扶持藥屢煎。坐多茵易破，行少履難穿。喜婢裁裙布，嗔妻買粉鈿。房教深下幕，牀遺厚鋪氈。琴聽憐三樂，圖張笑七賢。看嫌經字小，敲喜磬聲圓。食罷羹流袂，盃餘酒帶涎。樂來須遣罷，醫到久相延。裹帽縱横掠，梳頭取次纏。長吁思往事，多感聽哀弦。氣注腰還重，風牽口更偏。墓松先遺種，誌石預教鐫。客到惟求藥，僧來忽問禪。養茶懸竈壁，曝艾曬簷椽。怒僕空瞠眼，嗔童謾握拳。心驚嫌蹴踘，脚軟怕鞦韆。局縮同寒狖，堆㕕似飽鳶。觀瞻多目眩，舉動即頭旋。女嫁求紅燭，男婚乞綵牋〔三〕。已聞頒几杖，寧更佩韋弦。賓客身非與去，兒孫事已傳。養和屏作伴，如意拂相連。久棄登山屐，惟存負郭田。呻吟朝不樂，展轉夜無眠。呼稚臨牀畔，看書就枕邊。冷疑懷貯水，虛訝耳聞蟬。束帛非無分，安車信有緣。伏生甘坐末，絳老讓行先。拘急將風夜，昏沈欲雨天。雞皮塵屢積，齯齒食頻填。每憶居郎署，常思釣渭川。喜逢迎佛會，羞赴賞花筵。徑狹容移檻，堦危索減磚。好生焚鳥網，惡殺折魚船。既感桑榆日，常嗟蒲柳年。長思當弱冠，悔不賸狂顛。」書畢回思少小嬉戲之時，怳如昨日。今年踰三十，駸駸將入老兒詩之境矣，讀之亦可以自警云。前詩第四十二韻押全字，後詩乃押先字，恐誤。又「養和屏作伴」，屏字可疑。

134 寓言以貽訓誡，若柳子厚三戒、鞭賈之類，頗似以文爲戲，然亦不無補于世道。吾閲近世文集，得二文焉，朱希真敦儒東方智士說、蕭東夫德藻吴五百是也。朱之文曰：「東方有人，自號智士，才多而心狂〔四〕，凡古昔聖賢與當世公卿長者，皆摘其短闕而非笑之；然地寒力薄，終歲不免飢凍。里有富人，建第宅甲其國中，車馬奴婢，鐘鼓帷帳惟備。一旦，富人召智士語之曰：『吾將遠遊，今以居第貸子，凡室中金寶資生之具無乏，皆聽子用不計。期年還則歸我。』富人登車而出，智士杖策而入。僮僕妓妾，羅拜堂下，各效其所典簿籍以聽命，號智士曰假公。智士因遍觀居第，富實偉麗過王者，喜甚。忽更衣東走圃，仰視其舍卑狹，俯閱其基湫隘，心鬱然不樂，召紀綱僕讓之曰：『此第高廣而圃不稱。』僕曰：『惟假公教！』智士因令徹舊營新，狹者廣之，卑者增之，曰如此以當寒暑，如此以蔽風雨。既藻其棁，又丹其楹，至于聚籌積灰，扇蠅攘蛆，皆有法度。事或未當，朝移夕改，必善必奇。智士躬執斤帚，與役夫雜作。手足瘡繭，頭蓬面垢，晝夜廢眠食，忉忉焉，惟恐圃之未美也。不覺閱歲，成未落也。忽閽者奔告曰：『阿郎至矣。』智士倉黃棄帚而趨迎富人于堂下。富人勞之曰：『子居吾第樂乎？』智士恍然自失曰〔五〕：『自君之出，吾惟圃是務。初不知堂中之温密，別館之虛涼，北榭之風，南樓之月，西園花竹之勝，吾未嘗經目。後房歌舞之妙，吾未嘗舉觴〔六〕。蟲網瑟琴〔七〕，塵棲鐘鼎。不知歲月之及，子復歸而吾當去也！』富人揖而出之。智士還于故廬，且悲且歎，悒悒而死。市南宜僚聞而笑之，以告北山愚公。愚公曰：『子奚笑哉？世之治圃者多矣，子奚笑哉？』」蕭之文曰：「吴名蠢，南蘭陵爲寓言靳之。曰：淮右浮屠客吴，日飲于市，醉而狂，攘臂突市人，行者皆避。市卒以聞吴牧，牧録而械之，爲符移授五百，使護而返之淮右。五百詬浮屠曰：『狂髡！坐爾乃有千里役，吾且爾苦也。』每未晨，蹴之即道，執扑驅其後，不得休。夜則縶其足。至奔牛埭，浮屠出腰間金，市斗酒，夜醉五百而髡其首，解墨衣衣之，且加之械而縶焉。頹壁而逃。明日，日既昳，五百乃醒，寂不見浮屠。顧壁已頹，曰：『嘻！其遁矣。』既而視其身之衣，則墨；驚循其首，則不髮；又械且縶，不能出户。大呼逆旅中曰：『狂髡故在此，獨失我耳！』客每見吴人，輒道此。吴人亦自笑也。千巖老人曰：『是殆非寓言也。世之失我者，豈獨吴五百哉！生而有此我也，均也，是不爲榮悴有加損焉者也。所寄以見榮悴，乃皆外物，非所謂儻來者邪！曩悴而今榮，儻來集其身者日以盛，而顧揖步趨，亦日隨所寄而改。曩與之處者，今視之，良非昔人；而其自視，亦殆非復故我也。是其與吴五百果有間否哉？吾故人或騣騣華要，當書此遺之。』」二文，朱尤屬意高遠。世之人不能窮理盡性，以至于聖賢之樂地，而區區馳逐末務以終其身者，皆東方智士之流也。余亦懼夫流而至于此也，讀之竦然，爲之汗下。

135 饒德操祝髮後，有與胡少汲直孺〔八〕小簡云：「如璧再啓：少汲器博望重，雖欲與官職辭，而官職追之不置，然安時聽命可也。時命之來，亦非己力所能勝。己力所能勝，亦不可不勝者，獨聲色一事耳。大抵官職移人如酒，漸多則難制。方飲酒時，若座有所畏者，自非狂夫，則酒雖多，不至于犯禮。少汲天資近道，如楞嚴、圓覺、維摩，宜少汲所甚畏者，不可令去几案間，庶幾濯優曇于烈火也。漸貴矣，恐漸不聞此語，而我漸不敢作此語，亦恐漸不喜此語。及此時汲汲早獻林下之芹，止如是耳。」

136 曾端伯慥以所編百家詩選遺孫仲益，仲益復書云：「蒙馳賜百家新選一集，發函開讀，每得所未聞，則拊髀爵躍，讀之惟恐盡也。歐陽公集古録云：『物常聚于所好，而得于有力之强；如好之而無力，有力而不好，皆莫能致也。』宋興二百年，宗工巨儒，騷人墨客，專門名家，大篇短章，或膾炙士大夫之口，或淪廢于兵火，幾亡而僅存，蒐攬亦略盡矣。而詩引所載，多者數百言，少者數十言。其人出處大致，詞格高下，盛德之士，高風絶塵，師表一世；放臣逐客，興微託遠，屬思千里；與夫山巉冢刻，方言地志，怪奇可喜之詞，羣嘲聚訕，戲笑之談，靡不畢載。集古録又云：『惟世之所貪者無欲于其中，然後能一其所好。』豈不信矣夫！覿竊讀諸引之後，其詩舊所見不復讀，讀未見者。每遇佳處，或一再讀，或三復而不能休。不謂投老殘年，獲睹奇勝，幸甚過望，不可言也。覿學迂才下，爲世畸人，區區小技，如腊鼠然，不敢出鄭國尺寸之地。比讀新著，而私意粗亦有合者。秦少游云：『曾子固文章妙絶古今，而有韻者輒不工。』此語一出，天下遂以爲口實。南豐作李白詩引，以謂『閎肆瑰瑋，非近世騷人所可及』，而連類引義，中法度者寡。』荆公屢稱郭功父詩，而南豐不謂然。功父疑之。荆公曰：『豈非子固以謂功父天才超逸，更當約以古詩之法乎？』南豐論詩如此。如兵間一詩，指徐德占；論交一詩，指吕吉甫；又有黄金、顔楊諸詩〔九〕，皆卓然有濟世之用。而世人便謂不能詩，覿所以不喻其言也。荆公竹詩：『人言直節生來瘦，自許高才老更剛。』雪詩：『平治險穢非無德，潤澤焦枯實有才。』送李璋下第：『才如吾子何憂失，命屬天公不可猜。』世人傳誦，然非佳句。公詩至知制誥乃盡善，歸蔣山乃造精絶。其後再送李璋下第、和吴沖卿雪詩，比少作如天淵相絶矣。白公詩所謂『辭達』，大抵能道意之所欲言者。蘇黄門詩已不逮諸公，北歸後效白公體，益不逮，惟四字詩最善。張文潛晚年詩，不逮前作，意謂亦效白公詩者。公述潘邠老言：『文潛晚喜白公詩。』信矣，如所料也。東坡論陶詩：『精能之至，乃造平淡。如佛説蜜，中邊皆甜。若中與邊皆枯，淡亦何用？陶詩外枯而中腴，若淡而實美也。』公謂：『徐師川晚年務造平淡，終不如少年精巧。』蓋平淡不可爲，水落石出，自見涯涘。非積學之至，不能到也。吕居仁作江西宗派，既云宗派，固有次第。陳無己本學杜子美，後受知于曾南豐，自言『向來一瓣香，敬爲曾南豐』，非其派也。靖康末，吕舜徒作中憲。居仁遇師川于寶梵佛舍，極口詢罵其翁于廣坐中，居仁俯首不敢出一語。故于宗派貶之于祖可、如璧之下。師川固當不平。然惠洪僞作魯直贈詩云：『氣爽絶類徐師川。』師川喜以爲是，不免與惠洪爲類，此又不可曉者。冷齋夜話載秀老一事，覰在江西時，惡其狂誕無稽，坐客皆嘸然。此僧中奴，固不以笞駡爲辱。東坡橄欖詩云：『已輸崖蜜十分甜。』惠洪以崖蜜爲櫻桃。又有俗子假東坡名注杜詩，云『金城土酥静如練』爲蘆菔根者。東坡地黄詩云：『崖蜜助甘冷，山薑發芳辛。』製地黄法，當用薑與蜜，而用櫻桃可乎？黄師是守泗時，以酥酒遺東坡，答詩云：『關右土酥黄似酒，揚州雲液却如酥。』謂土酥爲蘆菔根可乎？公著論斥其妄，良有益于後人耳目也。覰每觀公叙諸詩，詞句温麗，紀次詳實，尊賢樂善，得詩人本意。歎仰之餘，又見曾存之、晁無咎、廖明略諸公已推重于幼學之初，而一時名勝，皆其儔匹，然後知公致力于斯文久矣。如曹元寵、米元暉，殆是子美詩中黄四娘者邪？然元寵詩殊有可觀，若『都都平丈我』，又待入紅窗迥矣。聊發千里一笑！覰自拜賜，凡六日，讀盡所著五十九卷，與拾遺詩話一卷，而後修書拜送使者。尚當細讀，別具記。」仲益此書，發明甚多。今人遺以書籍，安肯即讀；雖讀，亦必不能留意如此。前輩之風，何可多得！元寵名組，嘗賦紅窗迥百餘篇，皆嘲謔之詞，故掩其文名。世傳俚語，謂假儒不識字者，以論語授徒，讀「郁郁乎文哉」作「都都平丈我」。詩選載元寵題梁仲叙所藏陳坦畫邨教學詩云：「此老方捫蝨，衆雛亦附火。想見文字間，都都平丈我。」仲益故云。端伯觀詩，有百家詩選；

觀詞，有樂府雅詞；稗官小説，則有類説；至于神仙之學，亦有道樞十鉅編。蓋矜多衒博，欲示其于書無所不讀，于學無所不能，故未免以不知爲知。詩選去取殊未精當，前輩多議之。仲益所稱南豐兵間、論交、黄金、顔楊諸篇，及蘇黄門四字詩，無一在選中者，而反録「都都平丈我」之句。答書及此，亦因以箴之也。

137 顔淵、子夏，爲地下修文郎。陶弘景爲蓬萊都水監。馬周爲素雪宫仙官。李長吉記白玉樓。其説荒唐，不可究詰。然近世此類甚多，見于傳記，班班可攷。大抵名人才士，間鍾異稟，世不多得，使無神仙則已，設或有之，非斯人之徒，其孰能當之？第怪神之事，聖人不語；六合之外，存之可也。石曼卿卒後，其故人有見之者，云恍惚如夢中，言：「我今爲仙也，所主者芙蓉城。」慶曆中，有朝士晨赴起居，道見美婦三十餘行前，丁觀文度按轡繼之而去。朝士問之，最後一人答曰：「諸女御迎芙蓉館主也。」時丁在告。頃之，聞其卒。右侍禁孫勉監元城埽。有巨黿穴一埽下，埽多墊陷，伺其出射殺之。後晝卧，夢吏來逮。行若百里，見道左宫闕甚壯，問吏何所。曰：「紫府真人宫也。」「真人爲誰？」曰：「韓忠獻也。」勉私念乃韓公故吏，祝門吏入見之。望韓公坐殿上，衣冠若神仙，侍立皆碧衣童子。勉再拜，以情禱焉。公遣之歸。遂寤。王平甫熙寧癸丑直宿崇文館，夢有人邀至海上，見海中宫殿甚盛，其間作樂，題其宫曰靈芝宫。邀者欲與俱往。一人隔水止之曰：「時未至，且令去，他日當迎之。」恍然夢覺。時禁中已鐘鳴。平甫頗自負，爲詩記之曰：「萬頃波濤木葉飛，笙簫宫殿號靈芝。揮毫不似人間世，長樂鐘來夜半時。」後四年，平甫病卒。其家哭訊之曰：「君嘗夢往靈芝宫，信然乎？當以兆我！」是夕暮奠，若有聲音接于人者。其家復卜以錢，卜曰：「然。」呂獻可在安州，一日，坐小軒，因合目見碧衣童云：「玉帝南遊炎洲，召子隨行，糾正羣仙。炎洲苦熱，賜子清涼丹一粒。」呂拜而吞之，若冰雪然。自知不久于世。後朱明復見呂跨玉角青鹿于湘江道中，金甲吏從數百人。劉景文知忻州。一日，謂一曹掾曰：「天帝即召君，吾且繼往。」未幾，掾無疾而逝。景文亦繼亡，經夕蹶然而蘇，索筆作三詩，有「中宫在天半，其上乃吾家」及「仙都非世間，天人繞樓殿」等語〔一〇〕。黄伯思，字長睿，邵武人，自稱雲林子，尚書右丞履之孫。登進士第，仕至秘書郎，博學能文，好仙佛之説。政和七年，在京師，夢人告：「子非久在人間。上帝有命，典司文翰。」明年二月果卒。李伯紀銘其墓略曰：「白玉樓成，上帝有詔，往司文翰，脱屣塵淖。」蓋紀此事。陳伯修師錫宣和三年，寓居京口，自稱閑適先生。一日晝寢，夢至帝所，如人間上殿之儀。帝曰：「卿平生所上章奏〔一一〕，可敍録進呈！」一天官引至廊廡間，帷帳甚設。几上有筆墨硯石，皆精妙可玩。傍有大帙，用青綾裝飾。信手運筆，捷疾如神，疇昔所上者，不遺一字。帝批覽再三，睟顔甚喜，諭旨曰：「已于第六等授卿官。」即下殿謝恩。聞金鐘玉磬之聲競作，乃寤。以告其子，且云：「豐相之臨終，得夢亦如是。」俄命駕遍别知舊，白府丐致仕。夜過半，命其子舉左足壓右足，手結彌陀印，端坐而絶。後七日，一僧云：「夜宿瓜洲，夢官人服銀緋，跨馬，導從數十，履江水如平地，心異之，問爲誰？從者曰：『陳殿院赴召也。』」黄冕仲挽詩有「凌波應作水中仙」之句，張子韶云：「不須更草玉樓賦，已作神仙第六人。」皆謂此。李莊簡南遷，其子孟博卒于瓊州。先是數月，孟博夢至一所，海山空闊，樓觀特起。雲霄間有軒，榜曰空明，先世諸父，環坐其中，指一席曰：「留以待汝。」遂寤。臨終，雲氣起于寢，冠服宛然，自雲中冉冉升舉，瓊人悉見之。孟博苦學有文，紹興五年進士第三人及第。莊簡有詩悼之云：「脱屣塵寰委蜕蟬，真形渺渺駕非煙。丹臺路杳無歸日，白玉樓成不待年；宴坐我方依古佛，空行汝去作飛仙。恩深父子情難割，淚滴千行到九泉。」朱希真夢記略云：紹興戊寅除夜，體中不佳，三更方得睡。夢至一山館，與一客行至門外，望山下一居舍甚蕭灑。客指曰：「此某人居也，盍往訪之！」乃同至其家。柴扉茅舍，門前張一畫圖，作一仙人乘雲騰空，下臨海山，唐人畫也。俄而主人出，竹冠草屨，握予手大笑，如舊相識。引入，至一小閣，又進登一閣，稍大，閣中皆陳列法書圖畫。大閣北壁，蓋其人自畫山林巖石隱逸之趣。其上作雲煙，出没濃淡，雲中隱隱有章草，細字可讀，云：「吾初東遊，至黄河，向河再拜，飲河水一杯而渡。至某處，見某人，授易書；某處，見某人，授種蒔法；至某處，見某人，授酒法，乃歸。復至黄河，復再拜，飲河水一杯。欲渡，大風，河浪洶湧，衆不敢登舟，予獨亂流而濟。至家，始營小閣，日與客飲酒。閣破二作三間，酒器用鐵鐺木杓磁杯。已而少有餘，復建大閣。他日又有餘，復買銀作鐺杯。無日不留客，客必劇飲，飲必醉，醉必睡，一睡或數日不醒也。」此後字雜雲煙，不可讀矣。與予語，極朴質，間及道理，則玄妙高遠。其人丰姿，蓋神仙真人之流，獨與予慷慨劇談。坐間先有數客，不復與語。予亦連酌數杯，酒味非人間麴蘖可及。歡飲方狎，忽驚起，索燈火，目想心思，縱筆爲記。次日己卯歲旦，子孫環侍，朱出此記示之，且云：「所遊甚樂，悔不便爲住計。」後八日，又自云：「好去，好去，自有快樂。」三更初，端坐，啓手足，神色不亂，寂然而逝。七日方斂，舉體柔軟，氣貌如生。韓公事見劉斧青瑣高議，吕公事見斧翰府名談。斧著書多誕妄，故觀者例不敢信。石、丁二事，東坡芙蓉城詩已用之。靈芝宫，東坡亦記其事。若劉、若黄、若陳、若李、若朱，則又耳目相接，皆可信不誣。唐白樂天亦有詩云：「近有人從海上回，海山深處見樓臺〔一三〕。中有仙龕虚一室，多傳此待樂天來。」夷堅乙志又載方朝散爲玉華侍郎事甚詳。方之名不著于世，故不録。真誥、丹臺録諸書所載，如武王發爲北斗君，召公奭爲南明公，賈誼爲西門都禁郎，温太真爲監海開國伯，魏武帝爲北君太傅，孔文舉爲後中衛大將軍，陶侃爲西河侯，秦始皇爲北帝上相，周公旦爲北帝師，伯夷、叔齊爲九天僕射，墨翟爲太極仙卿，莊周爲太玄博士，孔子爲元宫仙之類，凡數十人，不可悉書，古今聖賢，幾無遺者。豈盡如其説乎？

138 富鄭公奉使契丹，虜主言欲舉兵。公曰：「北朝與中國通好，則人主專其利，而臣下無所獲；若用兵，則利歸臣下，而人主任其禍。故北朝羣臣爭勸舉兵者，此皆其自謀，非國計也。勝負未可知；就使其勝，所亡士馬，羣臣當之歟？抑人主當之歟？」是時語録，傳于四方。蘇明允讀至此，曰：「此一段議論，古人有之否？」東坡未十歲，在旁對曰：「記得嚴安上書云：『今狥南夷，朝夜郎，略薉州，建城邑，深入匈奴，燔其龍城，議者美之。此人臣之利，非天下之長策也。』正是此意。」明允以爲然。洪文敏又記：「魏太武時，南邊諸將表稱宋人大嚴，將入寇，請先其未發，逆擊之。魏公卿皆以爲當。崔伯深曰：『朝廷羣臣及西北守將，從陛下征伐，西平赫連，北破蠕蠕，多獲美女珍寶。南邊諸將，聞而慕之，亦欲南鈔以取資財，皆營私計，爲國生事，不可從也。』魏主乃止。其論亦然。」余謂嚴、崔之説，皆陳于其君，非若富公以和戰利害别白于異域，而能見聽。獨唐鄭元璹使突厥，謂頡利曰：「今掠資財，劫人口，皆入所部，可汗一不得。豈若仆旗接好，則金玉重幣，一歸可汗。」頡利當其言。時自將攻太原，遽引還。正與富公之事合。文敏偶忘之，何邪？然富公豈蹈襲他人之語者！蓋理之所在，古今所同，推誠以告之，雖蠻貊之邦行矣。

139 容齋五筆載：「饒州，慶元四年九月十四日嚴霜連降，晚稻未實者，皆爲所薄，不能復生，諸縣皆然。有常産者，訴于郡縣。郡守孜孜愛民，有意蠲租。然僚吏多云，在法無此。又云，九月正是霜降節，不足爲異。按白樂天諷諫杜陵叟一篇：『九月霜降秋早寒，禾穗未熟皆青乾。長吏明知不申破，急斂暴征求考課。』此明證也。豈非昔人立法之初，所謂早霜之類，非如水旱之田，可以稽考，懼貪民乘時，或成冒濫，故不輕啓其端。今日之計，固難添創條式；但凡有災傷出于水旱之外者，專委良守令推而行之，則實惠及民，可以救其流亡之禍，仁政之上也。」此皆洪説。余按北史盧勇傳：「山西霜儉，運山東租輸，皆令實載，違者罪之。」唐馬周奏疏云：「往貞觀初，率土霜儉，一匹絹纔易斗米，而天下帖然者，百姓知陛下憂憐之，故人人自安，無謗讟也。」北齊書、隋書亦有直云「霜旱」者。由是推之，唐初以前，必皆有蠲租故事，中世方不然。又知其名，爲「霜儉」「霜旱」。有能援以言上，聖明之朝，當無不從也。

140 後漢以六曹尚書并令、僕爲八座。魏以五曹尚書、二僕、一令爲八座。唐太宗嘗歷尚書令，人臣不敢居此官，職林猶謂唐與隋同。竇苹新唐書音訓則謂唐以兩僕射、六尚書爲八座。高承事物紀原又謂隋唐至今，令僕爲宰相，故六尚書及左右丞爲八座。未知孰是。

141 青箱雜記載李泰伯一絶云：「人言落日是天涯，望極天涯不見家。已恨碧山相掩映，碧山還被暮雲遮。」識者曰：「此詩意有重重障礙，李君其不偶乎！」後果如其言。吾族人紫芝師秀，亦嘗賦一絶云：「數日秋風欺病夫，盡吹黄葉下庭廡。林疎放得遥山出，又被雲遮一半無。」氣象略相似，僅脱選而卒。何月湖尚書少時登高峯壇，有「天近風轉清，地高日難晚」之句，林黄中侍郎見之，即知其異日必貴且壽。視前二詩不侔矣。

校記

〔一〕「鏇」，宋本作「線」。

〔二〕「延」，原作「征」，據宋本改。

〔三〕「綵」，原作「線」，據宋本改。

〔四〕「心狂」，原作「狂心」，據宋本乙。
〔五〕「失」，原作「笑」，據宋本改。
〔六〕「觴」，原作「觸」，據宋本改。
〔七〕「瑟琴」，原作「琴瑟」，就上下平仄辨之，當作「瑟琴」，據宋本乙。
〔八〕「孺」，原作「儒」，據宋本改。
〔九〕「黄金顔楊諸詩」，按二詩見元豐類稿卷一，「顔楊」當作「楊顔」。
〔一〇〕「天人」，宋本作「天神」。
〔一一〕「奏」，宋本作「疏」。
〔一二〕「臺」，原作「閣」，據宋本及白詩原文改。

賓退録卷第七

142 漢文帝用宋昌爲衛將軍，位亞三司。章帝命車騎將軍馬防，班同三司。延平中，拜鄧騭爲儀同三司，本此。後世遂又有開府儀同三司之名。三司者，三公也。唐高宗武后之時，屢興大獄，多以尚書刑部、御史臺、大理寺雜案，謂之三司。其後有大獄，或直命御史中丞、刑部侍郎、大理卿充三司使。次又以刑部員外郎、御史、大理寺官爲之，以決疑獄。時因有大三司使、小三司使之别，皆事畢罷。鹽鐵、度支，唐中世已置使，亦有判户部者矣，然未總命一使，亦未謂之三司也。後唐同光中，敕鹽鐵、度支、户部三司錢物，並委租庸使管轄，踵梁之舊制。長興元年，罷租庸使額，分鹽鐵、度支、户部爲三司。其年始以前許州節度使張延朗行兵部尚書，充三司使。三司使自此始。國朝因之，元豐官制行，始罷。三司之名三，置使者二，而各不同。讀史未熟者多疑悮，故别之。

143 北齊源師攝祠部，屬孟夏，以龍見請雩。時高阿那肱爲録尚書事，謂爲真龍出見，大驚喜，問龍所在，云：「作何顔色？」師云：「此是龍星初見，禮當雩祭，非謂真龍。」肱，夷狄，不知書，何足責。唐杜牧一代文士，其賦阿房，意遠而辭麗，吴武陵至以王佐譽之，後世稱誦不絶。然有云：「長橋卧波，未雩何龍？複道行空，不霽何虹？」既以橋比龍，則是以龍見爲真龍矣。牧之賦與秦事抵牾者極多。如阿房廣袤僅百里，牧謂「覆壓三百餘里」。始皇立十七年始滅韓，至二十六年，盡并六國。則是十六年之前，未能致侯國子女也。牧乃謂「王子皇孫，輦來于秦，爲秦宮人，有不得見者，三十六年」。阿房終始皇之世，未嘗訖役，工徒之多，至數萬人。二世取之，以供驪山。周章軍至戲，又取以充戰士。歌臺舞榭，元未落成，宮人未嘗得居。秦本紀所謂「殿屋複道，周閣相屬，所得諸侯美人鐘鼓以充入之」者，謂渭北宮宇，非阿房也。牧顧有「妝鏡」「曉鬟」「脂水」之句。凡此，程泰之尚書大昌雍録皆嘗辨之，故不詳及。獨「未雩何龍」之語，不免與高阿那肱爲類，尤可怪也。洪駒父詩話載鮑欽止之説，謂古本作「未雲何龍」，然未知何所據。

144 知欽州林千之，坐食人肉削籍，隸海南。天下傳以爲異，謂載籍以來未之見。余記盧氏雜説：「唐張茂昭爲節鎮，頻喫人肉。及除統軍到京，班中有人問曰：『聞尚書在鎮，好人肉，虛實？』笑曰：『人肉腥而且膬，争堪喫！』」五代史：「萇從簡家世屠羊。從簡仕至左金吾衛上將軍，嘗歷河陽、忠武、武寧諸鎮，好食人肉，所至多潛捕民間小兒以食。」九國志：「吴將高澧，好使酒，嗜殺人而飲其血。日暮必于宅前後，掠行人而食之。」又本朝王繼勳，孝明皇后母弟，太祖時屢以罪貶，後以右監門衛率府副率，分司西京，殘暴愈甚。强市民家子女以備給使，小不如意，即殺而食之，以楮櫝貯其骨，棄之野外。女儈及鬻棺者，出入其門不絶。太宗即位，會有訴者，斬于洛陽市。則知近世亦有之。若盜跖及唐之朱粲，則在所不足論也。

145 吴傳朋說出己意作游絲書，世謂前代無有。然唐書文藝傳，吕向能一筆環寫百字，若縈髮然，世號連綿書。疑即此體也。

146 世人瘧疾將作，謂可避之他所，閭巷不經之説也。然自唐已然。高力士流巫州，李輔國授謫制，時力士方逃瘧功臣閣下。杜子美詩：「三年猶瘧疾，一鬼不銷亡。隔日搜脂髓，增寒抱雪霜。徒然潛隙地，有靦屢鮮粧。」則不特避之，而復塗抹其面矣。

147 享有體薦，宴有折俎。體薦，謂半解其體而薦之。設几而不倚，爵盈而不飲，肴乾而不食，所以訓共儉。亦謂之房烝。即聘義所謂「酒清，人渴而不敢飲；肉乾，人飢而不敢食」者也。折俎，謂體解節折，升之于俎，物皆可食，所以示慈惠。亦謂之殽烝。若禘祭宗廟，郊祭天地，全其牲體而升于俎，則謂之全烝。今人會客，于殽核之外，或別具盛饌，或饋以生餼，或代以緡錢，皆不食之物，近于古之體薦者；而舉世呼爲折俎，正與左傳、國語本文背馳。然今人誤用古語者極多，不獨此也。

148 沈約宋書禮志云：「漢建安十年，魏武帝以天下彫弊，下令不得厚葬，又禁立碑。魏高貴鄉公甘露二年，大將軍參軍太原王倫卒。倫兄俊作表德論以述倫遺美云：『祗畏王典，不得爲銘，乃撰録行事，就刊于墓之陰。』此則碑禁尚嚴也。此後復弛替。」非也。余按集古、金石、隸釋、隸續諸書，益州太守高頤碑，立于建安十四年；綏民校尉熊君碑，立于建安二十一年；横海將軍吕君碑，立于魏文帝黄初二年；廬江太守范式碑，立于明帝青龍三年。皆在魏武下令之後，甘露之前。惟巴郡太守樊敏碑，立于建安十年三月，是月或未下令。約又謂：「晉武帝咸寧四年詔：『石獸碑表，既私褒美，興長虛僞，傷財害人，莫大于此，一禁斷之。其犯者，雖會赦，皆當毀壞。』至元帝大興元年，聽立顧榮碑，禁遂漸弛。義熙中，裴松之復議禁斷。」亦不然。太康四年鄭烈碑，距咸寧之詔方五載，此後雲南太守碑、彭祈碑、陳先生碑、裴權碑、向凱碑、成公重墓刻之類，續續不絶。豈雖有此禁，而皆不能盡絶歟？歐陽公父子、趙德夫、洪文惠諸公議論不到此，何邪？天下碑録又有數碑，洪文惠謂碑録不可盡信，故不著。

149 宋書后妃傳，文帝袁后母王夫人，當孝武時追贈豫章郡新淦縣平樂鄉君。今新淦無此鄉名，漫書之，或可爲他日修方志者之一助。

150 「不耐煩。」宋書庾登之弟仲文傳有此語。

151 謝景仁居宇浄麗，每唾必唾左右人衣。殷沖則不然，小史非浄浴新衣，不得近左右。均之好潔，相反如此。

152 「漢建安二十四年，吴將吕蒙病。孫權命道士于星辰下爲請命。醮之法當本于此。顧況詩：『飛符超羽翼，焚火醮星辰。』姚鵠詩：『蘿磴静攀雲共過，雪壇當醮月孤明。』李商隱詩：『通靈夜醮達清晨，承露盤晞甲帳春。』趙嘏詩：『春生藥圃芝猶短，夜醮齋壇鶴未迴。』醮之禮，至唐盛矣。隋煬帝詩：『迴步迴三洞，清心禮七真。』馬戴詩：『三更禮星斗，寸匕服丹霜。』薛能詩：『符呪風雷惡，朝修月露清。』此言朝修之法也。然陳羽步虚詞云：『漢武清齋讀鼎書，内官扶上畫雲車。壇上月明宫殿閉，仰看星斗禮空虚。』漢武帝時已如此。」此高氏緯略所紀。余按周公金縢，子路請禱，自古有之，後世之醮蓋其遺意，特古無道士耳。黄帝内傳雖有「道士行禮」之文，但謂有道之士，非今之道士也。太霄經云：「周穆王因尹軌真人制樓觀，遂召幽逸之人，置爲道士。平王東遷洛邑，置道士七人。漢明帝永平五年，置二十一人。魏武帝爲九州置壇，度三十五人。魏文帝幸雍，謁陳熾法師，置道士五十人。晉惠帝度四十九人。」故用道士請命，孫權之前無所見。高所書諸詩，亦有非爲道士設者。

153 神仙修錬之術，非親涉其門庭者，不能了解。近見息菴王思誠序陳泥丸翠虚篇略云：「采時喚爲藥，煉時喚爲火，結時謂之丹，養時謂之胎，其實一也。所産之處，曰川、源、山、海；所藏之器，曰壇、爐、鼎、竈；所稟之性，有鉛、汞、水、火之名；所成之象，有丹砂、玄珠之號，惟一物也。古人剖析真元，分别氣類，所以有采取、交會、煅煉、沐浴之説。

以抽添運用之細微，遂有斤兩之論。」辨析名義，比他書粗爲明白，漫書之牘。

154 婦人統兵，世但稱唐平陽公主。余又記晉王恭討王國寶時，王廞聚衆應之，以其女爲貞烈將軍，且盡以女人爲官屬，顧琛母孔氏爲司馬，其一也。

155 胡幼度紘帥廣，傳其答州縣官啓二首。其一云：「蒙恩分閫，入境問民，皆言法令頓寬，遂致傳聞不雅。欲銷此謗，豈屬他人。官廉則蚌蛤自回，虎在則藜藿不采。」其一云：「玆分帥閫，特辱長牋。固知能作于文章，然亦須閑于法令。人言度嶺，多酌貪泉。久知此謗之未除，願與諸君而一洗。」

156 紹興間，禁中呼秦太師爲「太平翁翁」。見陸放翁詩注。

157 四朝國史王安石傳，史臣曰：「嗚呼！安石託經術立政事，以毒天下。非神宗之明聖，時有以燭其姦，則社稷之禍，不在後日矣。今尚忍言之！『天變不足畏，祖宗不足法，人言不足恤。』此三者，雖少正卯言僞而辨，王莽誦六藝以文姦言，蓋不至是也。所立幾何？貽害無極。悲夫！」王偁東都事略則曰：「安石之遇神宗，千載一時也，而不能引君當道，乃以富國强兵爲事。擯老成，任新進；黜忠厚，崇浮薄；惡鯁正，樂諛佞；是以廉恥汩喪，風俗敗壞。孟子所謂『作于其心，害于其事；作于其事，害于其政』者，豈不然哉？嗚呼！安石之學既行，則姦宄得志。假紹述之説，以脅持上下；立朋黨之論，以禁錮忠良。卒之民愁盜起，夷狄亂華，其禍有不可勝言者。悲夫！」與旹舊見象山陸先生所作荆公祠堂記，議論尤精確。先生嘗與胡季隨大時書云：「王文公祠記，乃是斷百餘年未了底大公案。自謂聖人復起，不易吾言。」誠非虚語。記曰：「唐虞三代之盛，道行乎天下。夏、商叔葉，去治未遠，公卿之間，猶有典刑。伊尹適夏，三仁在商，此道之所存也。周歷之季，跡熄澤竭，人私其身，士私其學，横議蜂起。老氏以善成其私，長雄于百家。竊其遺意者，猶皆逞于天下。至漢而其術益行，子房之師，實維黄石；曹參避堂，以舍蓋公；高、惠收其成績，波及文、景者，二公之餘也。自夫子之皇皇，沮溺、接輿之徒，固已竊議其後。孟子言必稱堯舜，聽者爲之藐然。不絶如綫，未足以喻斯道之微也。陵夷數千百載，而卓然復見斯義，顧不偉哉！裕陵之得公，問：『唐太宗何如主？』公對曰：『陛下每事當以堯舜爲法，太宗所知不遠，所爲未盡合法度。』裕陵曰：『卿可謂責難于君。然朕自視眇及堯舜相期。卿宜悉意輔朕，庶同濟此道。』自是君臣議論，未嘗不以堯舜相期。及委之以政，則曰：『有以助朕，勿惜盡言。』又曰：『須督責朕，使大有爲。』又曰：『天生畯民之才〔二〕，可以覆芘生民，義當與之戮力，若虚捐歲月，是自棄也。』秦漢而下，南面之君，亦嘗有知斯義者乎？後之好議論者之聞斯言也，亦嘗隱之于心，以揆斯志乎？曾魯公曰：『聖知如此，安石殺身以報，亦其宜也。』公曰：『君臣相與，各欲致其義耳！爲君則自欲盡君道，爲臣則自欲盡臣道，非相爲賜也。』秦漢而下，當塗之士，亦嘗有知斯義者乎？後之好議論者之聞斯言也，亦嘗隱之于心，以揆斯志乎？惜哉！公之學不足以遂斯志，而卒以負斯志；不足以究斯義，而卒以蔽斯義也。昭陵之日，使還獻書，指陳時事，剖析弊端，支葉扶疏，往往切當。然覈其綱領，則曰：『當今之法度，不合乎先王之法度。』公之不能究斯義，而卒以自蔽者，固見于此矣。其告裕陵，蓋無異旨。勉其君以法堯舜，是也；而謂每事當以爲法，此豈足以法堯舜者乎？謂太宗不足法，可也；而謂其所爲未盡合法度，此豈足以度越太宗者乎？不知言，無以知人也。公疇昔之學問，熙寧之事業，舉不遁乎使還之書。而排公者，或謂容悦，或謂迎合，或謂變其所守，或謂乖其所學，是尚得爲知公者乎？氣之相迕而不相悦，則必有相訾之言，此人之私也。公之未用，固有素訾公如張公安道、吕公獻可、蘇公明允者。夫三公者之不悦于公，蓋生于其氣之所迕。公之所蔽，則有之矣，何至如三公之言哉！英特邁往，不屑于流俗，聲色利達之習，介然無毫毛得以入于其心。潔白之操，寒于冰霜〔二〕，公之質也。掃俗學之凡陋，振弊法之因循，道術必爲孔、孟，勳績必爲伊、周，公之志也。不蘄人之知，而聲光燁奕，一時鉅公名賢，爲之左次。公之得此，豈偶然哉！用逢其時，君不世出，學焉而後臣之，無愧成湯、高宗。君或致疑，謝病求去；君爲責躬，始復視事。公之得君，可謂專矣。新法之議，舉朝讙譁；行之未幾，天下恟恟。公方秉執周禮，精白言之，自信所學，確乎不疑。君子力争，繼之以去；小人投機，密贊其決；忠樸屏伏，憸狡得志，曾不爲悟。公之蔽也。典禮爵刑，莫非天理。洪範、九疇，帝實錫之。古所謂憲章法度典則者，皆此理也。公之所謂法度者，豈其然乎？獻納未幾，裕陵出諫院疏，與公評之，至簡易之説〔三〕，曰：『今未可爲簡易。修立法度，乃所以爲簡易也。』熙寧之政，粹于是矣。釋此弗論，尚何以費辭于其建置之末哉？爲政在人，取人以身，修身以道，修道以仁。仁，人心也；人者，政之本也；身者，人之本也；心者，身之本也。不造其本，而從事其末，末不可得而治矣。大學不傳，古道榛塞，其來已久。隨世而就功名者，淵源又類出于老氏。世之君子，天常之厚，師尊載籍以輔其質者，行于天下，隨其分量，有所補益；然而不究其義，不能大有所爲。其于當世之弊，有不能正，則依違其間，稍加潤飾，以幸無禍。公方恥斯世不爲唐、虞，其肯安于是乎？蔽于其末，而不究其義，世之君子，未始不與公同，而犯害則異者，彼依違其間，而公取必焉故也。熙寧排公者，大抵極詆訾之言，而不折之以至理。平者未一二，而激者居八九。上不足以取信于裕陵，下不足以解公之蔽，反以固其意，成其事。新法之罪，諸君子固分之矣。元祐大臣，一切更張，豈所謂無偏無黨者哉？所貴乎玉者，瑕瑜不相揜也。古之信史，直書其事，是非善惡，靡不畢見，勸懲鑑戒，後世所賴。抑揚損益，以附己好惡，用失情實，小人得以藉口而激怒，豈所望于君子哉？紹聖之變，寧得而獨委罪于公乎？熙寧之初，公固逆知已説之行，人所不樂，既指爲『流俗』，又斥以『小人』；及諸賢排公已甚之辭，亦復稱是。兩下相激，事愈戾而理益不明。元祐諸公，可易轍矣，又益甚之。六藝之正，可文姦言；小人附託，何所不至。紹聖用事之人，如彼其桀，新法不作，豈將遂無所竄其巧，以逞其志乎？反覆其手，以導崇寧之姦者，實元祐三館之儲。元豐之末，附麗匪人，自謂定策，至造詐以誣首相，則疇昔從容問學，慷慨陳義，而諸君子之所深與者也。格君之學，克知灼見之道，不知自勉，而戛戛于事爲之末，以分異人爲快，使小人得間，順投逆逞，其致一也。近世學者，雷同一律，發言盈庭，豈善學前輩者哉？公世居臨川，罷政徙于金陵。宣和間，故廬丘墟，鄉貴人屬縣立祠其上，紹興初嘗加葺焉。逮今餘四十年，隳圮已甚，過者咨歎。今怪力之祠，緜緜不絶；而公以蓋世之英，絶俗之操，殆不世有，而廟貌弗嚴，邦人無所致敬，無乃議論之不公，人心之疑畏，使至是邪？郡侯錢公，期月政成，人用輯和，繕學之既，慨然徹而新之，視舊加壯。爲之管鑰，掌于學官，以時祠焉。余初聞之，竊所敬歎。既又屬記于余。余固悼此學之不講，士心不明，是非無所折衷。公爲使時，舍人曾公復書切磋，有曰：『足下于今，最能取于人以爲善，而比聞有相曉者，足下皆不受之，必其理未有以奪足下之見也。』竊不自揆，得從郡侯，敬以所聞，薦于祠下。必公之所樂聞也。」

158 陸放翁感事詩云：「陋巷何須歎一瓢，朱門能守亦寥寥。衲衣先世曾調鼎，野褐家聲本珥貂。若悟死生均露電，未應富貴勝漁樵。千年回首俱陳迹，不向杯中何處消。」自注云：「沈義倫丞相裔孫爲僧，劉仁瞻侍中裔孫爲道人，皆孤身死紹興中。二公之後遂絶。」殊不知沈公之後有一派，靖康末自京師流落新淦者，居于村疃耕人之田矣。又不止于爲僧也。然其先世告身，及相君神道碑摹本故在。周文忠序槐庭濟美總集有云：「粵自周衰，賢者之類棄，功臣之世絶，故孟子告齊宣王以『故國非喬木，王無親臣矣』，蓋諷其上也。雖然，有位于朝，不守其業，而忘其所，甚至公侯之家，降在皁隸，則蓽門圭竇，得以陵之。此豈獨上之人之罪也哉？」最爲確論。

159「古人之坐者，兩膝著地，因反其蹠而坐于其上，正如今之胡跪者。其爲肅拜，則又拱兩手而下之至地也。其爲頓首，則又以頭頓于手上也。其爲稽首，則又卻其手而以頭著地，亦如今之禮拜者。皆因跪而益致其恭也。故儀禮曰『坐取爵』，曰『坐奠爵』；禮記曰『坐而遷之』，曰『一坐再至』，曰『武坐致右軒左』；老子曰『坐進此道』之類，凡言坐者，皆謂跪也。若漢文帝與賈生語，不覺膝之前于席。管寧坐不箕股，榻當膝處皆穿。皆其明驗。老子曰：「雖有拱璧，以先駟馬，不如坐進此道。」蓋坐即跪也，進猶獻也，言以重寶厚禮與人，不如跪而告之以此道也。今說者乃以爲坐禪之意，誤也。然記又云：『授立不跪，授坐不立。』莊子又云：『跪坐而進之。』則跪與坐又似有小異處。疑跪有危義，故兩膝著地，伸腰及股，而勢危者，爲跪。兩膝著地，以尻著蹠，而稍安者，爲坐也。又詩云：『不遑啓居。』而傳以啓爲跪。爾雅以妥爲安，而疏以爲安定之坐。夫以啓對居，而訓啓爲跪，則居之爲坐可見。以妥爲安定之坐，則跪之爲危坐亦可知。蓋兩事相似，但一危一安，爲小不同耳。至于拜之爲禮，亦無所考。但杜子春說太祝九拜處解『奇拜』云：『拜時先屈一膝，今之雅拜也。』夫特以先屈一膝爲雅拜，則他拜皆當齊屈兩膝，如今之禮拜明矣。凡此三事，書傳皆無明文，亦不知其自何時而變，而今人有不察也。頃年屬錢子言作白鹿禮殿，欲據開元禮不爲塑像，而臨祭設位。子言不以爲然，而必以塑像爲問。予既略爲考禮如前之云。又記少時聞之先人云：『嘗至鄭州，謁列子祠，見其塑像席地而坐。』則亦并以告之，以爲必不得已而爲塑像，則當放此，以免于蘇子俯伏匍匐之譏。子言又不謂然。會予亦辭浙東之節，遂不能强，然至今以爲恨也。東坡文集私試策問云：「古者坐于席，故籩豆之長短，簠簋之高下，適與人均。今土木之像，既已巍然于上，而列器皿于地，使鬼神不享則不可知，若其享之，則是俯伏匍匐而就也。」其後乃聞成都府學，有漢時禮殿諸象，皆席地而跪坐。文翁猶是當時琢石所爲，尤足据信。不知蘇公蜀人，何以不見而云爾也。及楊方子直入蜀帥幕府，因使訪焉，則果如所聞者，且爲寫放文翁石象爲土偶以來，而塑手不精，或者猶意其或爲加趺也。去年又屬蜀漕楊王休子美。今乃併得先聖先師三像，木刻精巧，視其坐後，兩蹠隱然見于帷裳之下。然後審其所以坐者，果爲跪而無疑也。惜乎白鹿塑象之時，不得此證以曉子言，使東南學者，未得復見古人之象，以革千載之謬，爲之喟然太息。姑記本末，寫寄洞學諸生，使書而揭之廟門之左，以俟來者考焉。」此朱文公白鹿禮殿塑像説。後其季子在守南康，因更新禮殿，聞之于朝，迄成先志。然遠方學者，未盡見此説，故識之。

160 史記黄帝紀：「神農氏世衰，諸侯相侵伐，暴虐百姓，而神農氏弗能征。于是軒轅乃習用干戈，以征不享，諸侯咸來賓從。而蚩尤最爲暴，莫能伐。炎帝欲侵陵諸侯，諸侯咸歸軒轅。」既云「諸侯相侵伐，而神農氏弗能征」矣，又云「炎帝欲侵陵諸侯」，何邪？尚當訪精于史學者而問之。

161 今道家設醮，率用米糈。世傳始于張陵，而實不然。陵使百姓從受道者，出五斗米，非以祠神也。按山海經載諸山之神，各舉其形狀，及祠之之物，有糈者居多。如䧿山之首，自招搖之山，以至箕尾之山，凡十山，糈用稌米。自拒山至于漆吳之山，凡十七山，糈用稌。自天虞之山，至南禺之山，凡一十四山，糈用稌。崇吾之山，至于翼望之山，凡二十三山〔四〕，糈用稷米。陰山以下，至于崦嵫之山，凡十九山，糈以稻米。自太行之山，以至于無逢之山，凡四十六山，皆用稌糈米祠之。自敖岸之山，至于和山，凡五山，糈用稌。自景山至鼓琴之山，凡二十三山，糈用稌。自支几山至于賈超之山，凡十六山，糈用稌。自首山至于丙山，凡九山，糈用五種之糈。自翼望之山，至于几山，凡四十八山，糈用五種之精禾。自篇遇之山，至于滎余之山，凡十五山，糈用稌。郭注云：「糈，祀神之米名，先呂反，今江東音所。」惟自尸胡之山，至于無睪之山，凡十九山，米用黍。自苟林之山，至于陽虛之山，凡十六山，其祠用稌。二者無糈字，或傳寫脱誤。單狐之山〔五〕，至于隄山，凡二十五山；甘棗之山，至于鼓鐙之山，凡十五山，皆曰瘞而不糈。管涔之山，至于敦題之山，凡十七山，輝諸之山，至于蔓渠之山，凡九山，皆曰投而不糈。自鈐山至于萊山，凡十七山，則曰鈐而不糈。自鹿蹄之山，至于玄扈之山，凡九山，則曰祈而不糈。郭注直云：「祭不用米也。」著明如此。山海經雖不敢信爲禹、益所著，然屈原離騷、吕氏春秋，皆摘取其事，而漢人引用者尤多，其書決不出于張陵之後，則糈之用也尚矣。離騷云：「巫咸將夕降兮，懷椒糈而要之。」王逸注云：「糈，精米，所以享神也。」淮南子云：「病者寢席，醫之用針、石，巫之用糈、藉，所救鈞也。」許叔重注云：「糈米所以享神。」見于載籍者不一，第不若山海經之著明耳。

校記

〔一〕「畯民」，宋本作「畯明」，學海本又作「俊明」，陸象山全集卷十九亦作「俊明」。按，書洪範：「俊民用章。」史記宋微子世家作「畯民」。

〔二〕「于」，宋本作「如」。

〔三〕「至」，宋本作「主」。

〔四〕「十」，原作「千」，據宋本改。

〔五〕「單狐」，原作「軍誤」，據宋本及山海經原文改。

賓退録卷第八

162 洪文敏著夷堅志，積三十二編，凡三十一序，各出新意，不相複重，昔人所無也。今撮其意書之，觀者當知其不可及。甲志序所以爲作者之意。乙志謂前代志怪之書，皆不無寓言，獨是書遠不過一甲子，爲有据依。丙志謂始萃此書，顓以鳩異崇怪，本無意于述人事及稱人之惡。然得于容易，或急于滿卷帙，故頗違初心，其究乃至于誣善。蓋以告者過，或聽焉不審。既删削是正，而可爲第三書者又已襞積，懲前過，止不欲爲。然習氣所溺，欲罷不能，而好事君子，復縱臾之。輒私自恕曰，但談鬼神之事足矣，毋庸及其他，于是取爲丙志。丁志設或人之辭，謂不能玩心聖經，勞勤心口，從事于神奇荒怪，索墨費紙，殆半太史公書爲可笑；從而爲之辨。戊志謂：「在閩泮時，葉晦叔頗搜索奇聞，來助紀録。嘗言：『近有估客航海，不覺入巨魚腹中。腹正寬，經日未死。適木工數輩在，取斧斫斫魚脅。魚覺痛，躍入大洋，舉船人及魚皆死。』予戲難之曰：『一舟盡没，何人談此事于世乎？』晦叔大笑，不知所答。予固懼未能免此也。」己志謂：「昔以夷堅志吾書，謂與前人諸書不相襲。後得唐華原尉張慎素夷堅録，亦取列子之説，喜其與己合。」庚志謂：「假守當塗，地偏少事。濟南吕義卿，洛陽吴斗南，適以舊聞寄似，度可半編帙，于是輯爲庚志。初甲志之成，歷十八年。自乙至己，或七年，或五六年。今不過數閲月，閑之爲助如此。然平生居閑之日多，豈不趣成書，亦欠此巨編相傳益耳。」〔一〕末又載章德懋使虜，掌訝者問夷堅自丁志後，曾更續否？而引樂天、東坡之事以自況。辛志記初著書時，欲倣段成式諾皋記，名以容齋諾皋，後惡其沿襲，且不堪讀者輒問，乃更今名。因載向巨原答問之語。壬志全取王景文夷堅别志序，表以數語。癸志謂九志成，年七十有一，擬綴輯癸編。稚子櫰復云：「更須從子至亥接續之，乃成書。」予拊之曰：「天假吾年，雖倍此可也。人生未可料，惡知吾不能及是乎？」支甲謂或疑所載頗有與昔人傳記相似處，殆好事者飾説剽掠，借爲談助。證以蒙莊之語，辨其不然。又云：「初欲從稚子請，續以十二辰。又以段柯古支諾皋支動、支植尤崛奇，于是名曰支甲。」支乙則云：「紹熙庚戌臘，從會稽西歸，至甲寅之夏季，夷堅之書緒成辛、壬、癸三志，合六十卷，及支甲十卷。財八改月，又成支乙一編，殊自喜也。」支景則云：「曾大父諱，與甲乙下一字同音，而左畔從火，故再世以來，用唐人所借，但稱爲景。當夷堅第三書出，或見警曰：『禮不諱嫌名。』乃直名之。今是書萌芽，稚兒謂：『稗官説，與他所論著及通官文書不侔，避之宜矣。』遂目以支景。」

支丁則自摭此帙中不可信者數事，謂：「苟以其説至，斯受之而已矣。聱牙畔奂，蓋自知之，愛奇之過，一至于此。讀者勿以辭害意可也。」支戊載吕覽賓卑聚之夢，謂夷堅記夢，亡慮百餘事，未有若此之可怪者。支己謂：「神奇詭異之事，無時不有。姑即夷堅諸志考之，上焉假諸正夢，騰薄穹霄；次焉猶陟蓬壺，期汗漫；不幸而死，死矣幸而復生，見九地之下，溟漲之海，以至島鬼淵祇，蛇祆牛彪之類，何翅累千萬百。所遇非一人，所更非一事，所歷非一境，而莫有同者焉。」支庚謂四十四日書成，自詫其速，且叙其所以速之由。支辛謂東坡志林、李方叔師友談記、錢丕行年雜紀之類四五書，皆偶附著異事，不顓虞初九百之篇。士大夫或弗能知，故剟剽以爲助，不幾乎三之一矣。支壬則云：「子弟輩皆言，翁既作文不已，而掇録怪奇，又未嘗少息，殆非老人頤神繕性之福，盍已之。余受其説，未再閲日，膳飲爲之失味，步趨爲之局束，方寸爲之不寧，精爽如癡。向之相勸止者〔二〕，懼不知所出。于是逌然而笑，豈吾緣法在是，如駛馬下臨千丈坡〔三〕，欲駐不可。姑從吾志，以竟此生。異時惛不能進，將不攻自縮矣。」支癸謂：「劉向父子彙羣書七略，班孟堅采以爲藝文志。小説類定著十五家，最後虞初周説九百四十三篇，出于稗官，街談巷語，道聽塗説者之所造。今亡矣。唐史所標百餘家，六百三十五卷。太平廣記率取之不棄也。予既畢夷堅十志，又支而廣之，通三百篇，不能滿者，才十有一，遂半唐志所云。」

三志甲謂檮子、偃孫，羅前人所著稗説來示，如徐鼎臣稽神録、張文定公洛陽舊聞記、錢希白洞微志、張君房乘異、吕灌園測幽、張師正述異志、畢仲荀幕府燕閒録七書，多歷年二十，而所就卷帙皆不能多。三志甲才五十日而成，不謂之速不可也。三志乙謂：「兹一編頗得之卜者徐謙。謙瞽雙目，而審聽彊記。客詣其肆與之言，悉追憶不忘，倩傍人書以相示。昔徐仲車耳聵，而四方事無不周知，謙豈其苗裔邪？賢愚固不可同日語，而所以異則同。」三志景謂郡邑必有圖志，鄱陽獨無。而夷堅自甲施于三景，所粹州里異聞，乃至五百有五十。他時有好事君子，采以爲志，斯過半矣。三志丁則云：「人年七八十，幸身康寧，當退藏一室，早睡晏起，繙貝多旁行書，與三生結願；否則邀方外雲侣，熊經鴟顧，斯亦可耳。至于著書，蓋出下下策，而此習膠拳不能釋。固嘗悔哂，猛藏去弗視；乃若禁嬰孺之滑甘，未能幾何，留意愈甚，雖有傾河摇山之辯，不復聽矣。」三志戊謂「子不語怪力亂神」，非置而弗問也。聖人設教垂世，不肯以神怪之事詒諸話言。然書于春秋于易于詩于書皆有之，而左氏内外傳尤多，遂以爲誣誕浮夸則不可。三志己謂一話一言，入耳當即録，而固有因循而失之者，如滕彦智、黄雍父所言一二事，至今往來于襟抱不釋也。三志庚考徐鉉稽神録，辯楊文公談苑所載蒯亮之事非是。三志辛云：「予嘗立説，謂古今神奇之事，莫不同者；今乃悟此語爲不廣。」而證以蜀士孫斯文及幽明録中賈弼事。三志壬引昌黎公明鬼，謂夷堅所紀，不能出其所證之三非。三志癸言太平廣記、類聚之誤。四志甲辨夷堅爲皋陶别名。至四志乙則絶筆之書，不及序。惟支壬、三志丁兩序意略同，而數序自詫其速者，亦不甚相遠云。

163 俗謂不冠者曰「科頭」。科頭二字，出史記張儀傳。注謂：「不著兜鍪入敵。」

164 余首卷辨王建宫詞，多雜以他人所作。今乃知所知不廣。蓋建自有宫詞百篇，傳其集者，但得九十篇，蜀本建集序可考。後來刻梓者，以他人十詩足之，故爾混殽。余既辨其八矣，尚有二首：「殿前傳點各依班，召對西來六詔蠻〔四〕。上得青花龍尾道，側身偷覷正南山。」「鴛鴦瓦上忽然聲，晝寢宫娥夢裏驚；原是吾皇金彈子，海棠窠下打流鶯」者，未詳誰作也。所逸十篇，今見于洪文敏所録唐人絶句中，然不知其所自得。其詞云：「忽地金輿向月陂，内人接著便相隨。却回龍武軍前過，當處教開卧鴨池。」「畫作天河刻作牛，玉梭金鑷采橋頭。每年宫女穿針夜，敕賜諸親乞巧樓。」「春來睡困不梳頭，懶逐君王苑北遊。暫向玉花堦上坐，簸錢赢得兩三籌。」「紅燈睡裏看春雲，雲上三更直宿分。金砌雨來行步滑，兩人擡起隱金裙。」「蜂鬚蟬翅薄鬆鬆，浮動搔頭似有風。一度出時抛一遍，金條零落滿函中。」「教遍宮娥唱盡詞，暗中頭白没人知。樓中日日歌聲好，不問從初學阿誰。」「彈棊玉指兩參差，背局臨虚鬭著危。先打角頭紅子落，上三金字半邊垂。」「宛轉黄金白柄長，青荷葉子畫鴛鴦。把來不是呈新樣，欲進微風到御床。」「供御香方加減頻，水沈山麝每回新。内中不許相傳出，已被醫家寫與人。」「藥童食後送雲漿，高殿無風扇少涼。每到日中重掠鬢，衩衣騎馬繞宮廊。」

165 唐李昌符婢僕詩二首。其一云：「不論秋菊與春花，箇箇能噇空腹茶。無事莫教頻入庫，一名閑物要些些。」曲盡婢之情狀。乃知古今類如此[五]。

166 史記秦本紀：武公卒，葬雍平陽，初以人從死，從死者六十六人。至獻公元年，方止從死。則知武公而下，十有八君之葬，必皆有從死者矣，不獨繆公也。黄鳥之詩，特以奄息、仲行、鍼虎爲秦之良臣，故國人哀之耳。夫一君之葬，使六十六人無罪而就死地，固已可駭；而繆公至用百七十七人，習俗之移人，雖繆公不能免，則獻公亦賢矣哉！

167 「罔違道以干百姓之譽，罔咈百姓以從己之欲。」王荆公曰：「咈百姓以從己之欲，則不可；咈百姓以從先王之道，何爲而不可？」范淳夫云：「咈百姓，則非先王之道也。」荆公之言，主于自文；范公則求以矯之，其實不然。干百姓之譽者，有時而違道；則道必有時而咈百姓矣。祁寒暑雨，均曰怨咨，小民之情也。爲政者但當虚心無我，據理而行，不使纖毫計校毁譽之心亂于胸中，足矣。

168 王制云：「古者以周尺八尺爲步，今以周尺六尺四寸爲步。」管子、司馬法皆曰：「六尺爲步。」秦始皇亦然。今以五尺爲步。步之尺數不同如此。周尺之制，鄭康成謂未詳聞也。近世伊川文集中載作主之制，謂當今省尺五寸五分弱。潘仲善時舉聞之晦翁謂，五寸字誤，當作七寸五分弱。又謂省尺者，三司布帛尺也。潘後從會稽司馬侍郎家求得温公圖本，周尺果當布帛尺七寸五分弱，于今浙尺爲八寸四分。温公圖本必有考按，恨不知其源流之詳也。

169 曆家以冬至爲一歲之首。冬至者，建子月之中氣。故子時初四刻以前繫今日，正初刻以後繫明日，蓋一理也。今太史局曆，每節氣在子初，則書其夜子初某刻以别之。其來尚矣。紹熙二年正月三日壬子，其夜子初立春，洪文敏以劄子白廟堂云：日辰自古以子時爲首，今既子時立春，則當是四日癸丑，謂太史之誤。其實不然。康節冬至吟云：「何者謂之幾？天根理極微。今年初盡處，明日未來時。此際易得意，其間難下辭。人能知此意，何事不能知。」又云：「冬至子之半，天心無改移。一陽初動處，萬物未生時。玄酒味方淡，大音聲正稀。此言如不信，更請問庖犧。」

170 漢高帝封兄子信爲羹頡侯，雖以其母轑釜之故，然按括地志，實有羹頡山，在嬀州懷戎縣東南十五里。注史記者失不引此。顔師古注漢書但云：「頡音戛，言其母戛羹釜也。」小司馬索隱又直謂：「爵號耳，非縣邑名。」皆弗深考也。古之封侯，未有非地名者。若武帝封霍去病冠軍侯，田千秋富民侯，昭帝封霍光博陸侯，光武封彭寵奴不義侯，以至鏞胡、鏞羌、向義、建策之類，非制也。然冠軍侯國在東郡，富民侯國在沛郡蘄縣，博陸初食北海、河間，後益封，又食東郡，特被以嘉名而已，非若光武所封，未必有分地也。武帝時又有張騫封博望侯，趙破奴封從票侯，亦未詳其封邑。

171 州縣城隍廟，莫詳事始。前輩謂既有社矣，不應復有城隍。故唐李陽冰謂：「城隍神祀典無之，惟吴越有爾。」然成都城隍祠，大和中李德裕所建。李白作韋鄂州碑謂：

「大水滅郭，抗辭正色，言于城隍，其應如響。」杜牧爲黄州刺史，有祭城隍神祈雨文二首。它如韓文公之于潮，麴信陵之于舒，皆有祭文。而許遠亦有「眢井鴝翔，危堞神護」之語，則不獨吴越爲然。蕪湖城隍祠建于吴赤烏二年，高齊慕容儼、梁武陵王祀城隍神，皆書于史，則又不獨唐而已。開成中，睦州刺史吕述以爲合于禮之八蜡祭坊與水庸者。今按禮記注：「水庸，溝也。」正義云：「坊者，所以蓄水，亦以鄣水。水庸者，所以受水，亦以泄水。」則坊蓋今之隄防，水庸蓋今之溝澮也。方之城隍，義殊不類。今其祠幾遍天下，朝家或錫廟額，或頒封爵。未命者，或襲鄰郡之稱，或承流俗所傳，郡異而縣不同。至于神之姓名，則又遷就附會，各指一人，神何言哉！負城之邑，亦有與郡兩立者，獨彭州既有城隍廟，又有羅城廟；袁州分宜縣既有城隍廟，又有縣隍廟，尤爲創見。以余聞見所及攷之，廟額封爵具者，惟臨安府。當後唐清泰元年，嘗封順義保寧王，與越湖二神并命；今號永固廟，不知何時所賜。紹興三十年，封保順通惠侯，今封顯正康濟王。紹興府，梁開平封崇福侯，清泰封興德保閩王，紹興初賜額「顯寧」，今封昭順靈濟孚祐忠應王。台州則鎮安廟，順利顯應王。吉州則靈護廟，威顯英烈侯。筠州則利貺廟，靈佑順應顯正王。袁州則顯忠廟，靈惠侯。濠州則孚應廟，靈助侯。建寧府，則顯應廟，福應惠寧侯。建康之溧水〔六〕，則顯正廟，廣惠侯。泉州惠安縣，則寧濟廟，靈安昭祐侯。邵武軍則顯祐廟，神濟訓順侯。泰寧則廣惠廟，靖惠孚濟侯。韶州則明惠廟，善祐侯。成州則靈應廟，英佑侯。有廟額而未爵命者：鎮江，忠祐。寧國，靈護。隆興，顯忠。德安府，威澤。楚州，靈顯。和州，孚惠。襄陽，孚濟。汀州，顯應。珍州，仁貺。静江，嘉佑。慶元之昌國，邵武之建寧，皆曰惠應。前代錫爵，而本朝未申命者：湖州，阜俗安城王。處州龍泉縣，廣順侯。鄂州，城隍、萬勝鎮安王。城隍二字，亦正元中所封王號。越州蕭山縣用郡城隍神初命，稱崇福侯。昭州立山縣爲蒙州時，封靈感王。台州五縣，吴越時皆封以王爵，臨海曰興國，黄巖曰永寧，天台曰始平，仙居曰昇平，寧海曰安仁。其餘相承稱謂，如温州，富俗侯。處州，仙都侯。臨安府錢塘縣，安邑侯。臨安縣，霸國侯王。興國軍，高陵王。筠州，新昌鹽城王。潭州，定湘王。泉州，明烈王。潼川，興元安平將軍。漢州，彭州安福將軍。邛州大邑縣，安静神。廣州，羊城使者之類，皆莫究其所以也。襄陽雖有孚濟額，而保漢公之號，未知所自。寧國雖有靈護額，而爵稱佑聖，不可得而詳。隆興雖有顯忠額，而南唐嘗封輔德王，故贛州稱輔德廟。南康軍安慶府，及潭之益陽，太平之蕪湖，南安之上猶，皆稱輔德王。撫、黄、復、南安、臨江諸郡，則稱顯忠輔德王，或輔德顯忠王，蓋皆以隆興廟額混南唐爵命以爲稱也。神之姓名具者：鎮江、慶元、寧國、太平、襄陽、興元、復州、南安諸郡，華亭、蕪湖兩邑，皆謂紀信。隆興、贛、袁、江、吉、建昌、臨江、南康，皆謂灌嬰。福州、江陰，以爲周苛。真州、六合，以爲英布。和州爲范增。襄陽之穀城爲蕭何。興國軍爲姚弋仲。紹興府爲龐玉，實龐堅四世祖，事具唐書忠義傳，蓋嘗歷越州總管。鄂州爲焦明，南史焦度之父也。台州，屈坦，吴尚書僕射晃之子，今州治蓋其故居。筠州，應智頊，唐初州爲靖州時刺史。南豐，游茂洪，開元間嘗知縣鎮。溧水，白季康，唐縣令也。惟筠之新昌，祀西晉邑宰盧姓者。紹興之嵊，祀陳長官。慶元昌國，祀邑人茹侯。三者不得其名耳。耳目所不接者，尚闕如也。承、播、溱三州及遵義軍未廢時，皆嘗錫城隍廟額：承曰静惠，播曰昭祐，溱曰寧德，遵義曰懷寧。承州則又有静應侯爵。今承爲綏陽縣，遵義爲寨，皆隸珍州；溱、播之地，則折而入于南平之境矣。嘉祐雜誌載，吴春卿爲臨安宰，聞故老言：「錢尚父方睡，湯瓶沸。一小童以水注之。錢曰：『吾方欲以水注瓶，此童先知吾意，不可赦。』遂殺之。後見其爲厲，乃封爲霸（一作厲）國侯，使永爲臨安土地，故塑像爲十餘歲小兒。」今不知塑像何如，而土地之稱，已轉而爲城隍矣。太平廣記載，宣州司户死而復生，云見城隍神，自言晉桓彝也。與所傳不同。然彝今亦别廟食于涇。紹興辛未，潼川守沈該〔七〕，將新城隍祠，夢人齎文書來，稱新差土地。閲其姓名，蓋史堅序。事愈涉怪。淳熙間，李異守龍舒，有德于民，去郡而卒，邦人遂相傳爲城隍神矣。尤淺妄不經也。唐羊士諤有城隍廟賽雨絶句二首。

172 史記齊世家云：「齊王與舅父駟鈞，陰謀發兵。」索隱云：「舅父謂舅，猶姨稱姨母。」〔八〕舅父二字甚新，人少用者。

173 禮：「婦人與丈夫爲禮則俠拜。」俠者，夾〔九〕。謂男子一拜，婦人兩拜，夾男子拜。今婦人之拜不跪，則異于古所謂俠拜。江浙衣冠之家，尚通行之，閭巷則否。江鄰幾嘉祐雜誌載司馬温公之語，乃謂陝府村野婦人皆夾拜，城郭則不然。南北之俗不同如此。

174 馮延巳謁金門長短句，膾炙人口。其曰「鬭鴨欄干獨倚」，人多疑鴨不能鬭。余按三國志孫權傳注引江表傳曰：「魏文帝遣使求鬭鴨。羣臣奏宜勿與。權曰：『彼在諒闇之中，所求若此，豈可與言禮哉！具以與之。』」陸遜傳：「建昌侯慮作鬭鴨欄。遜曰：『君侯宜勤覽經典，用此何爲？』」南史王僧達傳：「僧達爲太子舍人，坐屬疾而往楊列橋觀鬭鴨，爲有司所劾。」新唐書齊王祐傳：「祐喜養鬭鴨，方未反，狸齕鴨四十餘，絶其頭去。及敗，牽連誅死者凡四十餘人。」則古蓋有之。又唐田令孜傳：僖宗好鬭鵝，「數幸六王宅、興慶池，與諸王鬭鵝。一鵝至五十萬錢。」是鵝亦能鬭也。

175 秦捕商君，商君亡至關下，欲舍客舍。客不知商君也，曰：「商君之法，舍人無驗者，坐之。」商君喟然歎曰：「嗟乎，爲法之敝，一至此哉！」蘇文定謫雷州，不許居官舍，遂僦民屋。章子厚又以爲强奪民居，下州逮民究治。及子厚謫雷，亦問舍于民。民曰：「前蘇公來，章丞相幾破我家，今不可也。」人以爲報，古今一轍也。

176 西京雜記載：「武帝欲殺乳母。告急于東方朔。朔曰：『帝忍而愎，旁人言之，益死之速耳。汝臨去但屢顧我，我當設奇以激之。』乳母如言。朔在帝側曰：『汝宜速去，帝今已大，豈念汝乳哺時恩邪？』帝愴然，遂舍之。」史記滑稽傳，褚先生曰：「武帝時，有所幸倡郭舍人者，發言陳辭，雖不合大道，然令人主和説。武帝少時，東武侯母常養帝。帝壯時，號之曰『大乳母』。乳母家子孫奴從者，暴横長安中。有司請徙乳母家室處之于邊。奏可。乳母當入辭，先見郭舍人，爲下泣〔一〇〕。舍人曰：『即入見，辭去，疾步，數還顧。』乳母如其言。郭舍人疾言駡之曰：『咄！老女子，何不疾行？陛下已壯矣，寧尚須汝乳而活邪？尚何還顧？』于是人主憐焉，乃下詔止無徙乳母。」此一事耳，一以爲殺，一以爲徙；一以爲東方朔，一以爲郭舍人。西京雜記顔師古固嘗辨其罔〔一一〕，褚所書他事抵梧者亦多，皆未可盡信。

177 律文，罪雖甚重，不過絞斬而已。淩遲一條，五季方有之，至今俗稱爲法外云。

178「姚平仲字希晏，世爲西陲大將。幼孤，從父古養爲子。年十八，與夏人戰臧底河，斬獲甚衆，賊莫能枝梧。宣撫使童貫召與語，平仲負氣不少屈，貫不悦，抑其賞。然關中豪傑皆推之，號小太尉。睦州盜起，徽宗遣貫討賊。貫雖惡平仲，心服其沈勇，復取以行。及賊平，平仲功冠軍，乃見貫曰：『平仲不願得賞，願一見上耳！』貫愈忌之。他將王淵、劉光世，皆得召見，平仲獨不與。欽宗在東宫知其名，及即位，金人入寇〔一二〕，都城受圍。平仲適在京師，得召對福寧殿，厚賜金帛，許以殊賞。于是平仲請出死士斫營〔一三〕，擒虜帥以獻。及出，連破兩寨，而虜已夜徙去。平仲功不成，遂乘青騾亡命，一晝夜馳七百五十里，抵鄧州，始得食。入武關，至長安，欲隱華山，顧以爲淺。奔蜀，至青城山上清宫，人莫識也。留一日，復入大面山，行二百七十餘里，度采藥者莫能至，乃解縱所乘騾，得石穴以居。朝廷數下詔物色求之，弗得也。乾道、淳熙之間始出，至丈人觀道院，自言如此。時年八十餘〔一四〕，紫髯鬱然，長數尺，面奕奕有光。行不擇崖塹荆棘〔一五〕，其速若奔馬。亦時爲人作草書，頗奇偉。然秘不言得道之由云。」此陸放翁所作平仲小傳也。放翁亦嘗以詩寄題青城山上清宫壁間云：「造物困豪傑，意將使有爲。功名未足言，或作出世資。姚公勇冠軍，百戰起西陲。天方覆中原，殆非一木支。脱身五十年，世人識公誰？但驚山澤間，有此熊豹姿。我亦志方外，白頭未逢師。年來幸廢放，儻遂與世辭。從公遊五嶽，稽首餐靈芝。金骨换緑髓，欻然松杪飛。」後守新定，再作詩託上官道人寄之云：「太尉關河傑，飛騰亦遇時。中原方蕩覆，大計易差池。素壁龍蛇字，空山熊豹姿。煙雲千萬疊，求訪固難知。」

179 漢張湯、韓安國皆以御史大夫行丞相事。曹窋以列侯、臣賀以太僕行御史大夫事。劉歆以大中大夫行太常事。欒成以少府行大鴻臚事。臣安行以太子少傅行宗正事。少府忠行廷尉事。王温舒爲右輔行中尉。張良以列侯行太子少傅事。黄霸以廷尉監行丞相長史事。蓋寬饒以諫大夫行郎中户將事。王尊守京兆都尉行京兆尹事。翟義以南陽都尉行太守事。蓋漢制，官闕，則卑者攝爲之謂之行。亦有以同列通攝者：靳石以太常行太僕，韓延年以太常行大行令，劉德以宗正行京兆尹之類是也。九卿三輔，皆同列也。今著令以寄禄高于職事官者爲行，異于古矣。

180 容齋辨陳正敏之妄，梁顥非八十二登科，是矣。與旹因記玉壺清話載：「仁宗問梁適：『卿是那箇梁家？』適對曰：『先臣祖顥，先臣父固。』上曰：『怪卿面貌酷似梁固！』」按國史，適乃顥之子，固之弟。小説家多不考訂，率意妄言。觀者又不深考，往往從而信之。如此類甚多，殊可笑也。

校記

〔一〕「傳」，宋本作「傳」。
〔二〕「止」，原作「上」，據宋本改。
〔三〕「駛」，宋本作「駷」。按廣韻：「駷，馬摇銜走也。」
〔四〕「六」，原作「入」，據宋本改。
〔五〕「類」字原脱，據宋本補。
〔六〕「漂」，原作「漂」，據宋本改。
〔七〕「川」，原作「關」，據宋本改。
〔八〕「猶姨稱姨母」，上「姨」字原作「姱」，據宋本改。
〔九〕「夾」，宋本作「夾也」。
〔一〇〕「下泣」，原作「泣下」，據宋本及史記原文乙。
〔一一〕「罔」，宋本作「妄」。

〔一二〕「人」，原作「又」，據宋本及渭南文集卷二十三原文改。
〔一三〕「請」，原作「始」，據宋本及陸集改。
〔一四〕「時」字原脱，據宋本及陸集補。
〔一五〕「擇」下原有「地」字，據宋本及陸集删。

賓退録卷第九

181 詩：「誕彌厥月。」誕，大也。朱文公則以爲發語之辭。世俗誤以誕訓生，遂有「降誕」「慶誕」之語，前輩辨者多矣。書曰：「誕膺天命。」誕，亦大也。范曄贊光武，乃有「光武誕命」之語，尤不可曉。殤帝紀云：「誕育百餘日。」亦誤。

182 寇恂自潁川太守徙汝南，又入爲執金吾。會潁川盜起，光武將親征隗囂，欲復使出守潁川〔一〕，從駕至郡，盜賊悉降，遂已。百姓遮道曰：「願從陛下復借寇君一年。」是時恂去郡已久，百姓以其爲王朝之卿，故謂之借。今人作太守在任垂滿者書啓，多用借寇事，似不類也。

183 夷堅戊志載裴老智數謂：「紹興十年七月，臨安大火，延燒城内外室屋數萬區。裴方寓居，有質庫及金珠肆在通衢，皆不顧，遽命紀綱僕分往江下及徐村〔二〕，而身出北關，遇竹木磚瓦蘆葦椽桷之屬，無論多寡大小，盡評價買之。明日有旨：竹木材料免征税抽解。城中人作屋者皆取之。裴獲利數倍，過于所焚。」後閲張芸叟所著浮休閲目集書焦隱事云：「一日，京師火。隱晨出，之木場，凡木皆以姓字題識，後至者率詣隱市材。」始知夷堅指爲裴老者誤矣。雖曰富家智略，往往相似，然不應如是之同也。

184「娶妻當得陰麗華。」唐與政仲友謂觀此語，知郭后之必廢。然予觀劉植傳載：「劉楊起兵附王郎，衆十餘萬。光武遣植説楊，楊乃降。光武因留真定，納郭后，后即楊之甥也。故以此結之。」則是郭后之納，已非光武之情矣；何待「陰麗華」之語而後占其廢乎？范曄不以此書之后紀，故前輩議論未嘗及之。

185余嘗最城隍爵號，後閲國朝會要，考西北諸郡，東京號靈護廟，初封廣祐公，後進祐聖王。大内別有城隍，初封昭貺侯，後進爵爲公。拱州昭靈廟〔三〕，惠烈夫人，蓋俗傳爲宋襄公之娟〔四〕。開德府顯應廟，感聖侯。解州靈佑廟，鎮寶侯。濬州黎陽縣顯固廟，靈護伯。他皆無聞。蓋東南城隍之盛，多起于近世。此數者，亦徽廟朝錫命耳。

186馬援平交阯賊，封新息侯，擊牛釃酒，勞饗軍士，因從容及從弟少游之語，吏士皆伏稱萬歲。又馮魴赦郟賊延褒等，亦皆稱萬歲。是東都之臣，不以稱萬歲爲嫌。獨竇憲出屯北威，與車駕會長安，尚書以下，欲伏稱萬歲，韓棱正色曰：「禮無人臣稱萬歲之制。」議者皆慚而止。若棱者，可謂不爲俗所移矣。然萬歲之稱，三代盛時所無有。蓋自藺相如奉璧入秦，田單爲約降燕，馮諼焚孟嘗君債券，昉見于簡牘，至漢爲盛。棱之所謂禮，豈古之所謂禮邪？吴虎臣引「虎拜稽首，天子萬壽」，謂萬歲發于此。然此特詠歌之辭耳，非可與後世呼萬歲者同語也。

187世俗笓字當作枇，與枇杷之枇字同而音異。後漢濟北孝王次喪父，至孝，梁太后下詔增封，有曰：「頭不枇沐。」魏志，徐季龍取十三種物使管輅占之。輅先説雞子，後道蠶蛹，遂一一名之，唯以梳爲枇耳。陸雲與兄機書「案行視曹公器物」，其中亦有枇字。類篇枇凡四音，其一毗志切，櫛屬。集韻同。又按説文：「櫛，梳比之總名也。」漢文帝遺匈奴單于比疎一，或作比余一。顔師古注曰：「辮髮之飾也。比音頻寐反。」則知枇字亦通作比。惟笓字無所經據，博雅：「篝筌謂之笓，蓋捕取魚鰕之具。邊迷、頻脂二切。」與此不同。雖集韻「枇亦作笓」，類篇「笓，又毗至切，櫛屬」，然二書晚出，當從古。詩曰：「其比如櫛。」又知三代之前，未有枇之名，但通謂之櫛，而已有相迫比之義矣。

188 范曄後漢書楊震傳載，安帝時，河間男子趙騰上書，指陳得失。帝怒，收考詔獄，結以罔上不道。震上疏救之，帝不省，騰竟伏尸都市。張皓傳又載，順帝時，清河趙騰上言災變，譏刺朝政，收騰繫考。皓上疏諫，帝悟，減死一等。安、順兩朝，時世相接；河間、清河二國，壤地相鄰；不應皆有一趙騰上書，皆指言時政，皆爲人主所怒，又皆有大臣救解。雖其末一生一死，然亦不應如是之同。疑只一事，而曄誤以爲二耳。

189 漢武帝徵枚乘，乘道死，詔問乘子，無能爲文者，後乃得其孽子皋。皋字少孺，乘在梁時，取皋母爲小妻。又孔光傳，淳于長坐大逆，誅長小妻迺始等六人。佞幸傳，張彭祖爲小妻所毒，薨。外戚許后傳，后姊嬺寡居，與淳于長私通，因爲之小妻。後漢趙惠王乾，居父喪，私聘小妻，削中丘縣。注云：「小妻，妾也。」又竇融女弟爲大司空王邑小妻。陳王鈞取掖庭出女李嬈爲小妻。樂成靖王黨取故中山簡王傅婢李羽生爲小妻。梁節王暢上疏辭謝，有曰：「臣暢小妻三十七人，其無子者，願還本家。」陳球與劉郃輩謀誅宦者，因小妻之父程璜而事泄。東觀記又載，彭城靖王子男丁前物故，恭子酺侮丁小妻，見恭傳注。周益公行歸正人蕭中一次妻耶律氏制，謂次妻二字，別無經據，乞改稱小妻。劄子中注云「出漢書」，指此。董卓傳又有少妻之稱，疑即小妻也。裴松之注三國志孫皓傳引江表傳載張俶事，亦曰「取小妻三十餘人」。又駱統傳，統母改適，爲華歆小妻。晉宋挺本劉陶門人，陶亡後，娶陶愛妾爲小妻。隋王世充祖支頽耨死，其妻少寡，儀同王粲納之，以爲小妻。則不獨見于漢史云。

190「君子食無求飽，居無求安。」非惡飽而欲飢，惡安而欲危也，但不可求耳。君子之求也，惟當求道，求在我者而已；外此而有所求，皆非也。所謂「求之有道，得之有命」者，亦謂盡其在我，而非志于得也。他如「求爲可知」，「夫子之求之也」之類，皆此意。

191「鄉爲身死而不受，今爲宮室之美爲之。鄉爲身死而不受，今爲妻妾之奉爲之。」此二者，固志士之所羞也。若「爲所識窮乏者得我而爲之」，似亦可矣；而均之爲「失其本心」何邪？此猶易解去，曰孔子罪乞醯之意耳。經德不回，非以干祿也；言語必信，非以正行也。干祿固非美事，若正行則何不可者？今爲學而不事正行，果何所事邪？惟能識此意，而後可與言學矣。

192 康節先生左衽吟云：「自古禦戎無上策，唯憑仁義是中原〔五〕。王師問罪固能道，天子蒙塵争忍言？二晉亂亡成茂草，三君屈辱落陳編。公閭延廣何人也？始信興邦亦一言。」蓋豫識靖康之禍也。篇末雖託二晉以爲詞，然因王師問罪而致寇，惟燕山之役爲然，二晉所無也。深切著明如此，而讀者多不察。余聞之友人曾幼輿宏譽而始悟。因記康節觀有唐吟有云：「憑高始見山河壯，入夏方知日月長。三百年間能混一，事雖成往道彌光。」亦寓微意。又觀盛化吟有云：「生來只慣見豐稔，老去未嘗經亂離。」其子謂亂離之語太過，康節歎曰：「吾老且死矣，汝輩行且知之。」

193 唐人稱縣令曰「明府」，而漢人謂之「明廷」，見范曄書張儉傳。明府以稱太守，山陰老叟稱劉寵，劉翊稱种拂，高獲稱鮑昱，皆然。

194 楊文公談苑謂元稹作春深題二十篇，並用家、花、車、斜四字爲韻。白居易、劉禹錫和之，亦同此韻。次韻起于此。高承著事物紀原取其説。余按梁書王規傳，普通六年，高祖于文德殿餞廣州刺史元景隆，詔羣臣賦詩，同用五十韻。則唐以前固有之矣。

195余前辨劉信羹頡之封。後閲能改齋漫録引王觀國學林新編，謂是潁川地名「不羹」者。彼自「不羹」，此自「羹頡」，地名之同一字者多矣，豈可比而一之。審如王説，則「頡」字何從而來邪？

196俚俗謂娶妻爲索妻，亦有所本。三國志吕布傳云：「袁術欲結布爲援，乃爲子索布女。」關羽傳云：「孫權遣使爲子索羽女。」又隋書太子勇傳載獨孤后曰：「爲伊索得元家女。」

197張清源淏雲谷雜記辨歐陽集古録目，謂後漢人亦有複名者，然僅載蘇不韋、孔長彦兄弟、劉騊駼、丘季智、張孝仲、范特祖、召公子、許偉康、司馬子威十人而已。考之范曄書，蓋不止此。如延岑護軍鄧仲況，見蘇竟傳。鄭玄師事京兆第五元，先又從東郡張恭祖。玄之子名益恩。桓榮族人桓元卿。陳忠薦士，其一曰成翊世，翊世字季明，見杜根傳。後陳敬王曾孫寵傳注引謝承書，袁術使將張闓陽殺陳相駱俊。梁冀之弟名不疑。越巂太守李文德素善延篤。黨錮傳序有渤海公族進階，注云：「公族〔六〕，姓也，名進階。」李膺欲按宛陵大姓羊元羣。孔融傳有太傅馬日磾。皇甫嵩子名堅壽。酷吏李章傳有安丘大姓夏長思。宦者曹節弟名破石。王逸子名延壽，字文考。方術傳謝夷吾字堯卿之類，清源皆未及也。他尚有之，猶恨不能盡記。

198 李延壽南北史成，惟隋書別行，餘七史幾廢。大抵紀載無法，詳略失中，故宜行而不遠。且史傳紀事，出于一人之手，而自爲同異者，亦有之矣；未有卷帙聯屬，首尾衡決，而不能自覺者也。姚思廉梁書列傳第三十卷江革傳謂何敬容掌選，序用多非其人，革性彊直，常有褒貶。而第三十一卷何敬容傳乃謂敬容銓序明審，號爲稱職。夫史者所以傳信萬世，今若此，其將何所從乎？其餘可笑者甚多，未暇盡著。

199 白樂天長恨歌書太真本末詳矣，殊不爲魯諱；然太真本壽王妃，顧云「楊家有女初長成，養在深閨人未識」何邪？蓋宴昵之私猶可以書，而大惡不容不隱。陳鴻傳則略言之矣。

200 新唐書承天皇帝倓傳〔七〕：「以興信公主季女張爲恭順皇后，冥配焉。」汪玉山辨證，謂「冥配前已有，而新書不書」。嘗考汪外孫鄭子敬寅注引唐會要：「懿德太子重潤，中宗即位追贈，娉國子監丞裴粹亡女，爲冥婚，合葬。」雖然，不始于唐也。三國志載邴原女早亡，時曹操愛子倉舒亦没，操欲求合葬。原曰：「合葬，非禮也。原之所以自容于明公，公之所以待原者，以能守訓典而不易也。若聽明公之命，則是凡庸也，明公焉以爲哉？」操乃止。然竟娉甄氏亡女，與合葬。又太和六年，魏明帝愛女淑薨，追封謚淑爲平原懿公主，爲之立廟。取文昭甄后亡從孫黄，與合葬。追封黄列侯，以夫人郭氏從弟德爲之後，承甄氏姓。封德爲平原侯，襲公主爵。則漢魏間已行之矣。

201 讀諸葛孔明出師表而不墮淚者，其人必不忠。讀李令伯陳情表而不墮淚者，其人必不孝。讀韓退之祭十二郎文而不墮淚者，其人必不友。青城山隱士安子順世通云。

202 謂有疾曰「不快」，陳壽作華陀傳已然。

203 葛常之韻語陽秋云：「晉書阮咸傳云：『咸善琵琶。』今有圓槽而十三柱者，世號「阮」，亦謂「阮咸」，相傳謂阮咸所作，故以爲名，而咸傳乃不及此。山谷聽宋宗儒摘阮歌云：『手揮琵琶送飛鴻，促弦聒醉驚客起。圓璧庚庚有横理〔八〕，閑門三月傳國工，身今親見阮仲容。』則亦以爲仲容所作，豈咸用琵琶餘製而作阮邪？」據此，則是常之不知阮咸所出。余按國史纂異云：「元行沖賓客爲太常少卿時，有人于古墓中得銅物，似琵琶而身正圓，莫有識者。元視之曰：『此阮咸所造樂具。』乃令匠人改以木，爲聲清雅，今呼爲『阮咸』者是也。」盧氏雜説云：「晉書稱阮咸善彈琵琶。後有發咸墓者，得琵琶，以瓦爲之，時人不識，以爲于咸墓中所得，因名阮咸。」陳晉之暘樂書云：「阮咸五弦，本秦琵琶，而頸長過之，列十二柱焉。唐武后時，蒯明于古冢得銅琵琶，晉阮咸所造也。元亨中，命工以木爲之，聲甚清徹，頗類竹林七賢圖所造舊器，因以「阮咸」名之，亦以其善彈故也。聖朝太宗于舊制四弦上加一弦。」三説蓋大同而小異，今世所行皆四弦十三柱者。與旹竊聞，今禁中女樂別有所謂阮，其制視民間者絶不同，且甚大，須坐而奏之。鄉人郭子雲應龍守南安時，大庾令之婦，乃出宮人，能爲此，郭蓋親見之。唐書樂志云：「五弦，如琵琶而小，北國所出。樂工裴神符初以手彈，太宗悦甚，後人習爲搊琵琶。」則是唐已有五弦矣。不知暘因唐之太宗而誤爲本朝邪？抑別有考按邪？

204 夷堅支乙載紫姑咏手詩：「笑折櫻桃力不禁，時攀楊柳弄春陰。管弦曲裏傳聲慢，星月樓前斂拜深。繡幕偷回雙舞袖，緑窗閑整小眉心。秋來幾度挑羅韈，爲憶相思放却針。」唐韓致光香奩集亦有咏手一詩：「暖白膚紅玉筍芽，調琴抽線露尖斜。背人細撚垂臙鬢，向鏡輕匀襯眼霞；悵望昔逢褰繡幔，依稀曾見托金車。後園笑向同行道，摘得蘼蕪又一攥。」其體正同，蓋皆言手之用爾；韓詩獨首句不然。

205 侯嬴爲夷門監者。按大梁城十二門，東曰夷門。則夷門者，大梁之一門耳。後人遂直指汴京爲夷門，非也。容齋續筆辨臺城、少城，類此。

206 古者道路，男子由右，女人由左，車從中央。今遂寧府譙門之外有橋曰儀橋，不知何時所創，上加欄楯，道分爲三，尚彷彿古人之意。謂之儀者，猶儀門也。

207 周文忠序文苑英華，首云：「太宗皇帝，丁時太平，以文化成天下。既得諸國圖籍，聚名士于朝，詔修三大書：曰太平御覽，曰册府元龜，曰文苑英華。」洪文敏序夷堅三志癸亦云：「太平興國中，詔侍從館閣，集著册府元龜、文苑英華、御覽、廣記等四書。」予按，册府元龜乃景德二年編類，至大中祥符六年書成，皆真宗朝。二公之言偶失之。

208 俗間謂籠燭爲「照道」，此二字出儀禮注。

209 冬至賀禮，古無有也，其殆始于漢乎？漢雜事曰：「冬至陽生，君道長，故賀。」沈約宋書曰：「魏、晉冬至日，受萬國及百寮稱賀，因小會，其儀亞于歲朝。」北齊書，庫狄伏連，冬至之日，親表稱賀。其妻減馬豆，設豆餅，伏連大怒。蓋歷代行之，至今不廢。按月令：「仲冬之月，日短至，陰陽争，諸生蕩。君子齋戒，處必掩身。身欲寧，去聲色，禁嗜欲，安形性。事欲静，以待陰陽之所定。」易曰：「先王以至日閉關，商旅不行，后不省方。」五經通義云：「冬至，寢兵鼓。商旅不行，君不聽政事。曰，冬至陽氣萌，陰陽交精，始成萬物，氣微在下，不可動泄。王者承天理，故率天下静而不擾也。」白虎通云：「冬至前後，君子安身静體。百官絶事，不聽政，擇吉日而後省事。」〔九〕今僕僕交相賀，則所謂安身静體，静而不擾，以待陰陽之定者，果何在哉？又按月令：「仲夏之月，日長至；仲冬之月，日短至。」今世反稱冬至爲長至，尤非是。曹子建冬至獻韤頌表云：「伏見舊儀，國家冬至獻履貢韤，所以迎福踐長。」崔浩女儀云：「近古婦人，常以冬至上履韤于舅姑，踐長至之義也。」隋杜臺卿玉燭寶典云：「冬至，日極南，景極長，陰陽日月，萬物之始。律當黄鍾，其管最長，故有履長之賀。蓋周禮。」冬至日在牽牛，景長一丈三尺，日短而景長也。

黃鍾之律九寸，于十二律爲最長。月令所謂「短至」，謂日之短。曹、崔、杜謂「踐長」「履長」者，景之長，琯之長也。雖所指不同，然當以月令爲正。

210 諫議大夫稱大諫，始于近世，然于古有之。齊威公使鮑叔牙爲大諫，見管子第二十篇。

211 韓子蒼云：「韋蘇州少時，以三衛郎事玄宗，豪縱不羈，玄宗崩，始折節務讀書。然余觀其人，爲性高潔，鮮食寡欲，所居掃地焚香而坐，與豪縱者不類。其詩清深妙麗，雖唐詩人之盛，亦少其比，又豈是晚節學爲者〔一〇〕，豈蘇州自序之過歟？然天寶間不聞蘇州詩，則其詩晚乃工，爲無足怪。」葉石林南宮詩話云：「蘇州詩律深妙，白樂天輩固皆尊稱之，而行事略不見唐史爲可恨。以其詩語觀之，其人物亦當高勝不凡。劉禹錫集中有大和六年舉自代一狀。然應物温泉行云：『北風慘慘投温泉，忽憶先皇巡幸年，身騎廐馬引天仗，直至華清列御前。』則嘗逮事天寶間也，不應猶及大和時，蓋别是一人，或集之誤。」苕溪漁隱云：「蘇州集有燕李録事詩云：『與君十五侍皇闈，曉拂爐煙上玉墀。』又温泉行云：『出身天寶今幾年，頑鈍如鎚命如紙。』余以編年通載考之，天寶元年至大和六年，計九十一年。應物于天寶間已年十五，及有出身之語，不應能至大和間也。蔡寬夫云南宮詩話，世誤傳蔡寬夫作。漁隱故云。劉禹錫所舉别是一人，可以無疑矣。」容齋隨筆云：「韋蘇州集中有逢楊開府詩云：『少事武皇帝，無賴恃恩私。身作里中横，家藏亡命兒。朝持摴蒱局，暮竊東鄰姬。司隸不敢捕，立在白玉墀。驪山風雪夜，長楊羽獵時。一字都不識，飲酒肆頑癡。武皇升仙去，憔悴被人欺。讀書事已晚，把筆學題詩。兩府始收跡，南宮謬見推。非才果不容，出守撫惸嫠。忽逢楊開府，論舊涕俱垂。』味此詩，蓋應物自叙其少年事也，其不羈乃如此。李肇國史補云：『應物爲性高潔，鮮食寡欲，所居焚香掃地而坐。其爲詩馳驟建安已還，各得風韻。』蓋記其折節後來也。應物爲三衛，正天寶間，所爲如是，而吏不敢捕，又以見時政矣。」與旹謂應物行事散軼，唐史失不立傳，故諸家之説，未能會于一。近世沈明遠作喆始檃括應物集及他書爲傳，甚詳。然論斷中，亦以劉賓客所舉爲疑。今筆于此：「韋應物，京兆長安縣人也。見崔都水及休日還長安冑貴里及歲日寄弟并答崔塴詩。其家世自宇文周時，孝寬以功名爲將相，而其兄敻高尚不仕，號爲逍遥公。敻之孫待價，仕隋爲左僕射，封扶陽公。待價生令儀，爲唐司門郎中。令儀生鑾，鑾生應物。見林寶姓纂。少遊太學，見贈舊識詩。當開元、天寶間，宿衛仗内，親近帷幄，行幸畢從，見宴李録事并鄭户曹及逢楊開府、温泉行等詩。按通典，左右宿衛侍從，皆以高廕子弟年少美風姿者補之，爲貴冑起家之高選。頗任俠負氣。

洎漁陽兵亂後，流落失職，乃更折節讀書。屏居武功之上方，見逢楊開府及經武功舊隱詩。復返灃上，園廬蕪没，貧無以自業。見歸灃上詩。客遊江淮間，所與交結，皆一時名士。見會梁川故人及李栖梧會大梁亭等詩。因從事河陽，去爲京兆功曹，攝高陵令。見寄弟及別子西詩。永泰中，遷洛陽丞。兩軍騎士，倚中貴人勢，驕橫爲民害。應物疾之，痛繩以法，被訟弗爲屈。見示從子班詩。棄官，養疾同德精舍。見同德精舍詩。起爲鄠令。大曆十四年，除櫟陽令，復以疾謝去，歸寓西郊，見歸西郊詩。擇勝隱于善福祠，從諸生學問，澹如也。見西齋示諸生詩。建中二年，拜尚書比部外郎。明年，出爲滁州刺史。見別善福祠詩。滁山川清遠，山中多隱君子，應物風流豈弟，與其人覽觀賦詩，郡以無事，人安樂之。見全椒道士及釋良史等詩。四年十月，德宗幸奉天，應物自郡遣使間道奔問行在所。明年興元甲子，使還，詔嘉其忠。見寄弟詩。終更貧，不能歸，留居郡之南嵒。見歲日寄端武詩。俄擢江州刺史。見登郡樓詩。居二歲，召至京師。貞元二年，由左司郎中補外，得蘇州刺史。見答季士巽詩。在郡延禮其秀民，撫其惸嫠甚恩。見郡齋文士宴集詩。久之，白居易自中書舍人出守吴門。應物罷郡，見劉禹錫集中酬白舍人詩云：「蘇州刺史例能詩，西掖今來替左司。」寓于郡之永定佛寺。見寓永定詩。大和，以太僕少卿兼御史中丞，爲諸道鹽鐵轉運、江淮留後，年九十餘矣。不知其所終。見劉禹錫大和六年爲蘇州刺史舉官自代狀云：「諸道鹽鐵轉運、江淮留後、朝議郎、太僕少卿、兼御史中丞、上柱國韋應物，歷掌劇務，皆有美名，執心不回，臨事能斷。所職雖重，本官尚輕。内省無能，輒敢公舉。司榷管之利，誠藉時才；流豈弟之風，實爲邦本。」謹按，大和年去應物刺郡時，已更六朝，四十餘年矣。而夢得猶舉之，豈其遺愛尚存邪？又據應物送鄒少府詩云：「天寶爲侍臣，歷覯兩都士。」宴李録事詩云：「十五侍皇闈。」然則天寶中應物在三衛，年始十五，至大和，計年九十餘。然自蘇州罷郡，寓永定以後，集中不復有詩，豈四十年間，無一篇詩者？蓋亡之也。予嘗歎息于斯焉。有子曰慶復，爲監察御史、河東節度掌書記。見姓纂。應物性高潔，見李肇國史補。善爲詩，氣質閑妙，渾然天成，初若不用工，而近世詩人莫及也。白居易嘗語元稹曰：『韋蘇州歌行，才麗之外，深得諷諫之意，而五言尤爲高遠雅淡，自成一家。』其爲時人推重如此。浮屠皎然者，頗工近詩，嘗擬應物體格，得數解爲贄，應物弗善也。明日，録舊贄以見，始被領略。曰：『人各有能有不能，蓋自天分學力有限。子而爲我，且失其故步矣，但以所詣自名可也。』皎然心服焉。見因話録、長慶集等。應物鮮食寡欲，所居焚香掃地而坐。見李肇國史補。爲吴門時，年已老矣，而詩益造微，世亦莫能知之也。亦白詩。子沈子曰：予讀韋蘇州詩，超然簡遠，有正始之風，所謂朱絲疏弦，一唱三歎者。應物當開元、天寶，宿衛仗内爲郎，刺史于建中，以迄貞元，而文宗大和中，劉禹錫乃以故官舉之，計其年九十餘，而猶領轉輸劇職，應物何壽而康也！然自吴郡以後，不復有詩文見于録者〔一二〕，豈亡之邪？使應物而無死，其所爲當不止此；以應物爲終于吴郡之後，則禹錫之所舉者猶無恙也，蓋不可得而考也。新唐書文藝傳稱應物有文在人間，史逸其傳，故不録。予既愛其詩，因考次其平生，行義官代，皆有憑藉，始終可概見如此，恨史官編摩疎陋耳。嗟夫！應物崎嶇，身閲盛衰之變，晚乃折節學問，今其詩往往及治道，而造理精深。士固有悔而能復，厄而後奇者，如應物有以自表見于後世，豈偶然哉！漁隱叢話後集又載韓子蒼云：『韋蘇州少時，以三衛郎事玄宗，豪縱不羈。』余因記唐宋遺史云：『韋應物赴杜鴻漸宴，醉宿驛亭，見二佳人在側，驚問之。對曰：「郎中席上與司空詩，因令二樂伎侍寢。」問：「記得詩否？」一妓强記，乃誦曰：「高髻雲鬟宫様妝，春風一曲杜韋娘。司空見慣渾閑事，斷盡蘇州刺史腸。」』觀此，則應物豪縱不羈之性，暮年猶在也。子蒼又云：『余觀韋蘇州，爲性高潔，鮮食寡欲，所居掃地焚香而坐。』此是韋集後王欽臣所作序載國史補之語，但恐溢美耳。」與旹謂盡信書不如無書，國史補之説固未可信，又安知唐宋遺史爲得其實乎？此未可以臆斷也。

校　記

〔一〕「使出守」，宋本作「使恂出守」。

〔二〕「往」，原作「注」，據宋本改。

〔三〕「拱州昭靈廟」，原重「州」字，脱「廟」字，據宋本删補。

〔四〕「娟」，原作「媢」。按娟、妹古韻同部，娟即妹也。

〔五〕「唯憑仁義是中原」，「是」字各本同，查伊川擊壤集亦作「是」，然終疑是「定」字之誤。

〔六〕「族」，原作「旋」，據宋本及後漢書原文改。

〔七〕「新唐書」，原作「唐新書」，未必誤，據宋本改從通稱。

〔八〕「横」字原缺，據宋本補。

〔九〕「日」，宋本作「辰」。

〔一〇〕「是」，宋本作「似」。

〔一一〕「文」，原作「又」，據宋本改。

賓退録卷第十

212 臧哀伯云：「武王克商，遷九鼎于洛邑，義士猶或非之。」義士即多士所謂「遷殷頑民」者也。由周而言，則爲頑民；由商而論，則爲義士矣。此説近世陳同甫亮始發之。杜預謂爲「伯夷之屬」，非也。

213 禮曰：「銘者，自名也。自名以稱揚其先祖之美，而明著之後世者也。爲先祖者，莫不有美焉，莫不有惡焉；銘之義，稱美而不稱惡，此孝子孝孫之心也。唯賢者能之。」又曰：「其先祖無美而稱之，是誣也；有善而弗知，不明也；知而弗傳，不仁也。此三者君子之所恥也。」碑誌、行狀之法，具于是矣。若無美而必欲諛墓，有惡而飾以爲美，卑官下士，猶足以誑不知之人；仕稍通顯，則其善惡已著于人之耳目，何可誣也！莫儔靖康末所爲，雖三尺童子亦恨不誅之，而孫仲益尚書誌其墓，顧謂：「靖康之變，臺諫争請和戎，皆斥廢不用。而二三狂生，抗首大言，乘險徼幸，試之一擲，卒至誤國。高宗狩維揚，移蹕臨安，國步阽危，至此極矣。而進取之士，終以和戎爲諱，此翰林莫公所以投閑置散，至于老死不用。」斯言也，不幾于欺天乎！及作韓忠武誌，則又以岳武穆爲跋扈，而與范瓊同稱，善惡復混淆矣。岳之禍，承權臣風旨而誣以不臣者，万俟忠靖、羅彦濟汝楫也。洪文惠誌羅墓不書此事，正得稱美不稱惡之義。而仲益誌万俟則顯書之，何哉？張子韶侍郎，學問氣節，表表一世，參禪學佛，與其平生自不相掩，張亦未嘗以此爲諱。其從子榕作家傳，欲爲文飾，乃謂張有學説云：「釋老虛無，耳不可有聞，目不可有見。」則是静言庸違，張必不然。余獨喜李文簡誌趙待制開墓，既歷叙其在蜀理財治賦之功，且謂爲當時第一；繼云：「或者咎公竭澤而漁，使來者無所施其智巧。今雖累經蠲放，而害終不去。當時稍存平恕，則今日之害，決不至此。嗚呼！此所謂責人終無已者也。然公亦不得不任其咎。昔蘇綽在西魏佐周武帝，以國用不足，爲征税之法頗重，既而歎曰：『今所爲者，正如張弓，非平世法也。後之君子，誰能弛乎？』綽子威聞其言，每以爲己任。及相隋文帝，奏減賦役，務從輕簡，帝悉從之。彼蘇威顧能如此，曾謂今日無若蘇威者乎？此燾深所歎息，詳紀之，以俟來世。」又南軒作宇文閬州邦獻誌謂：「初君以二父世科爲念，刻苦習進士業，爲進士者多推稱之。兩以鎖廳試，類省輒下，益力；後雖已領州符，猶不置，蓋終其身以是爲歉。」栻嘗以謂，自先王教冑子之法壞，大家世族不得盡成其材。其下者，苟從禄利，不樂親文墨事；至其間讀書欲自表見者，則又不屑其世禄〔二〕，顧反以從進士覓舉得之爲榮。噫！昔之人所望于胄子者，豈爲是哉？若君居家孝友，涖官廉平，温厚博雅，于以進德，孰能禦之，顧區區猶以是爲歉，何哉？」二公之作，蓋又因以立言垂世，不特銘墓而已。若李茂嘉謨墓誌謂：「明受赦至建康〔三〕，吕忠穆怡然自若。時李爲江東副漕，以言責之。吕躊躇未行。而張忠獻檄書至。」盡與諸家記事之書不合。則熊子復克小曆，李氏心傳繫年要録已有疑于仲益之言矣。蔡伯喈曰：「吾爲人作銘，未嘗不有慚容；唯爲郭有道碑頌無愧耳。」後之秉筆者，亦能自訟如此否乎？

214 紹聖四年殿試，考官得胡安國之策，定爲第一。將唱名，宰執惡其不詆元祐。而何昌言策云：「元祐臣寮，不知君臣之義，父子之恩。」擢爲首選。方天若策云：「當是時，鶴髮宵人，碁布要路。今家財猶未籍没，子孫猶未禁錮。」遂次之。又欲以章惇子爲第三，哲宗命再讀安國策，親擢爲第三。昌言，新淦人，仕至工部侍郎。張邦昌之僭，昌言爲事務官。既又改名善言，以避邦昌名。南都中興，昌言已死，遂追貶。觀其進身，可以占終矣。

215 唐小説辨疑志載：「明皇時，姜撫先生，不知何許人也。常著道士衣冠，自云年已數百歲。持符籙，兼有長年之藥，度世之術。有荆巖者，頗通南北史，問撫：『何朝人也？』撫曰：『梁朝人也。』巖曰：『梁朝絶近，先生亦非長年之人，不審先生梁朝出仕，爲復隱居？』撫曰：『吾爲西涼州節度。』巖曰：『何得誑妄，上欺天子，下惑世人！梁朝在江南，何處得西涼州，只有四平、四安、四鎮、四征將軍，何處得節度使？』撫慚恨，數日而卒。」蔡絛鐵圍山叢談：「政和間，有處士王卓者，亦遭遇時主。自言五百歲矣，人視之，若不過七八十歲，容狀光澤。頗挾容成術，無它異也。魯公稍異之。一日，魯公命吾延卓坐。吾詢其迹，則曰：『生隋末。唐李勣征高麗，嘗作裨將，因擅縱降卒數十，被黥，配之五嶺南。由是遇異人，授以不死方，曾不一瞬間，忽至今矣。』吾問：『還識狄梁公否？』卓曰：『識也，感它狄相公封卓爲白雲先生。』又問：『當開元、天寶間，明皇帝好道，而方士輩出，先生出乎？』曰：『卓時反不出。』問：『何故？』則曰：『卓時與羅家争氣，意自不喜出耳。』〔三〕羅，蓋公遠也。遂歷問唐諸帝、武后及名臣之情狀，則或合或不合。又言：『當肅宗時，卓始一出，亦蒙封號。』吾問：『果爾，則必識李輔國。輔國狀若何？』卓曰：『正得輔國見愛而封。輔國面大且方，美須髯也。』吾笑曰：『先生敗矣。』」二事正堪作對。信乎，作僞之難也。撫，唐史有傳，亦言其妄，然不及此云。

216 葛文康評古，謂漢文帝改後元年，景帝又改中元、後元年，武帝屢更年號，亦有後元。不知當時何所據而分中與後？謂之後，則疑若有極，乃不諱避，何邪？將當時有先知之讖邪？余謂不然。漢之諸帝，不過改元年爾。後人因其有二元，則別以爲後；因其有三元，則復冠以中，非當時本稱也。武帝雖屢更年號，偶最後不曾命名，獨稱元年，後人因其崩也，亦以後稱焉耳。惟東都建武中元，恐是當時所命也。

217 西漢諸帝，多自立陵廟名，後世不復然。至于及其生而自命以某祖某宗，而使萬世不祧者，古今所無也。惟于魏明帝見之。孫盛譏之是矣。彼謂「顧成之廟，稱爲太宗」者，臣下假設之辭耳，非此之比也。

218 徐陵鴛鴦賦云：「山雞映水那相得，孤鸞照鏡不成雙。天下真成長會合，無勝比翼兩鴛鴦。」黄魯直題畫睡鴨曰：「山雞照影空自愛，孤鸞舞鏡不作雙；天下真成長會合，兩鳧相倚睡秋江。」全用徐語點化。容齋隨筆謂魯直末句尤精工。余幼時不能解，每疑鴛鴦可言長會合〔四〕，兩鳧則聚散不常，何可言長會合？後乃悟魯直所謂長會合，特指畫者耳。

219 新唐書進表謂：「其事則增于前，其文則省于舊。」夫爲文紀事，主于辭達，繁簡非所計也。新唐書之病，正坐此兩語，前輩議之者多矣。晉張輔云：「司馬遷叙三千年事，惟五十萬言；班固叙二百年事，乃八十萬言。」以此爲遷固優劣。殊不思司馬子長追述上世，故不可得而詳；班孟堅紀録近事，有不容于略。春秋傳所謂「所見異辭，所聞異辭，所傳聞異辭」，正謂是也。洪文敏論史記衛青傳書「校尉李朔、校尉趙不虞、校尉公孫戎奴，各三從大將軍獲王，以千三百户封朔爲涉軹侯，以千三百户封不虞爲隨成侯，以千三百户封戎奴爲從平侯。」前漢書但云：「校尉李朔、趙不虞、公孫戎奴，各三從大將軍，封朔爲涉軹侯，不虞爲隨成侯，戎奴爲從平侯。」比于史記，五十八字中省二十三字，然不若史記爲朴贍可喜。又論檀弓紀石祁子事云：「石駘仲卒，有庶子六人，卜所以爲後者，曰：『沐浴佩玉則兆。』五人者皆沐浴佩玉。石祁子曰：『孰有執親之喪，而沐浴佩玉者乎？』不沐浴佩玉。」謂今之爲文者不然，必曰：「『沐浴佩玉則兆。』五人者如之。祁子獨不可，曰：『孰有執親之喪若此者乎？』」似亦足以盡其事，然古意衰矣。此論得之。崇仁吴德遠沆環溪詩話載其少時，謁張右丞。右丞告之曰：「杜詩妙處，人罕能知。凡人作詩，一句只説得一件物事，多説得兩件。杜詩一句能説得三件、四件、五件。常人作詩，但説得眼前，遠不過數十里〔五〕。杜詩一句能説數百里，能説兩州軍，能説半天下，能説滿天下。此其所以爲妙。且如『重露成涓滴，稀星乍有無』，也是好句，然露與星各只是一件事。如『孤城返照紅將斂，近市浮煙翠且重』，亦是好句，然有孤城也，有返照也，即是兩件事。又如『鼉吼風奔浪，魚跳日映山』，有鼉也，風也，浪也，即是一句說三件事。如『絶壁過雲開錦繡，疎松夾水奏笙簧』，即是一句說四件事。至如『旌旗日暖龍蛇動，宫殿風微燕雀高』，即是一句說五件事。唯其實，是以健；若一字虚，即一字弱矣。公但按此法以求前人，即漸難爲詩。」吴又問：「如何是說眼前事，以至滿天下事？」右丞云：「如『獨鶴不知何事舞，飢烏似欲向人啼』，只是說眼前所見。如『藍水遠從千澗落，玉山高並兩峯寒』，即是說數十里内事。如『三峽樓臺淹日月，五溪衣服共雲山』，即是一句說數百里内事。至如『浮雲連海岱，平野入青徐』，即是說兩州軍。如『吴楚東南坼』，即是一句說半天下。至『乾坤日夜浮』，即是一句說滿天下。」吴因取前輩之詩，參而考之，謂「東坡惟有美堂一篇最工，然『天外黑風吹海立，浙東飛雨過江來』，止是一句能言三件事。如『令嚴鐘鼓三更月，野宿貔貅萬竈烟』，是一句能言四件事。如『通印子魚猶帶骨，披緜黄雀尚多脂』；『鶴閑雲作氅，駝卧草埋峯』，每句亦不過三物。如『酒醒風動竹，夢斷月窺樓』；『深谷留風終夜響，亂山銜月半床明』；『風花誤入長春苑，雲月長臨不夜城』；『雲煙湖寺家家境，燈火沙河夜夜春』，則似三物而不足。至如『峯多巧障日，江遠欲浮天』〔六〕；『翠浪舞翻紅罷稏，白雲穿破碧玲瓏』；『葉厚有稜犀甲健，花深少態鶴頭丹』等句，不過用二物矣。山谷則有數聯合格，如『輕塵不動琴横膝，萬籟無聲月入簾』；『飯香獵户分熊白，酒熟漁家擘蟹黄』；『苦楝狂風寒徹骨，黄梅細雨潤如酥』，皆是一句能言三件事。如『河天月暈魚分子，槲葉風微鹿養茸』；『桃李春風一杯酒，江湖夜雨十年燈』，即是一句能言四件事。至荆公則合格者稍多，如『篙動川收潦，靴鳴海上潮』；『已無船舫猶聞笛，遠有樓臺只見燈』；『山月入松金破碎，江風吹水雪崩騰』；『陽浮樹外蒼江水，塵漲原頭野火煙』，即每句皆能道三件事。以至『廟堂生莽卓〔七〕，巖穴死伊周』；『和風滿樹笙簧雜，霽色兼山粉黛重』；『坐見山川吞日月，杳無車馬送塵埃』；『霽分星斗風雷静，涼入軒窗枕簟閑』，即是一句能言四件事。然竟無一句能用五物者。至用半天下、滿天下之説求之，尤未見其有也。然後知詩道之難如此，而古今之美〔八〕，備在杜詩，無復疑矣。」此論尤異。以此論詩，淺矣！杜子美之所以高于衆作者，豈謂是哉？若以句中事物之多爲工，則必皆如陳無己「桂椒柟櫨楓柞樟」之句，而後可以獨步，雖杜子美亦不容專美。若以「乾坤日夜浮」爲滿天下句，則凡句中言「天地」「華夷」「宇宙」「四海」者，皆足以當之矣，何謂無也。張輔喜司馬子長五十萬言紀三千年事，張右丞喜杜子美一句該五物〔九〕，識趣正同，故併録之。

220 邵伯温聞見録載：「康節先生治平間與客散步天津橋上，聞杜鵑聲，慘然不樂，曰：『洛陽舊無杜鵑，今始至不二年。上用南士爲相，多引南人，專務變更，天下自此多事矣。』客曰：『聞杜鵑何以知此？』曰：『天下將治，地氣自北而南；將亂，自南而北。今南方地氣至矣，禽鳥飛類，得氣之先者也。』」與旹按康節首尾吟其一云：「堯夫非是愛吟詩，詩是堯夫訪友時。青眼主人偶不在，白頭老叟還空歸。幾家大第横斜照，一片殘春啼子規。獨往獨來還獨坐，堯夫非是愛吟詩。」疑亦此意也。

221 古今詠史詩，求其議論精當，康節先生題淮陰侯廟十篇，可以爲冠。讀者當自知之。「一身作亂宜從戮，三族全夷似少恩。漢道是時初雜霸，蕭何王佐殆非尊。」「據立大功非不智，復貪王爵似專愚。造成四百年炎漢，纔得安寧反受誅。」「生身既得逢真主，立事何須作假王？誰謂禍胎從此始，不宜迴首怨高皇。」「一時韓信爲良犬，千古蕭何作霸臣。彼此並干名教罪，罪猶不逮謂斯人。」「韓信事劉原不叛，蕭何惑漢竟生疑。當初若聽蒯通語，高祖功名未可知。」「雖則有才兼有智，存亡進退處非真。五湖依舊煙波在，范蠡無人繼後塵。」「若非韓信難除項，不得蕭何莫制韓。天下須知無一手，苟非高祖用蕭難。」「漢家基定議功勳，異姓封王有五人。不似淮陰最雄傑，敢教根固又生秦！」「韓信恃功前慮寡，漢皇負德尚權安。幽囚必欲擒來斬，固要加諸甚不難。」「若履暴榮須暴辱，既經多喜必多憂。功成能讓封王印，世世長爲列土侯。」

222 首卷書王平甫所云花蕊宮詞三十二首。今攷王恭簡續成都集記才二十八首，盡筆于此，庶真贋了然。「五雲樓閣鳳城間，花木長新日月閑，三十六宮連内苑，太平天子坐崑山。」「會真廣殿約宮牆，樓閣相扶倚太陽，浄甃玉堦横水岸，御爐香氣撲龍床。」「龍池九曲遠相通，楊柳絲牽兩岸風。長似江南好春景，畫船來去碧波中。」「東内斜將紫禁通，龍池鳳苑夾城中。曉鐘聲斷嚴妝罷，院院紗窗海日紅。」「殿名新立號重光，島上亭臺盡改張。但是一人行幸處，黄金閤子鎖牙床。」「安排諸院接行廊，水檻周回十里强，青錦地衣紅繡毯，盡鋪龍腦鬱金香。」「夾城門與内門通，朝罷巡遊到苑中。每日日高祗候處，滿隄紅豔立春風。」「廚船進食簇時新，侍坐無非列近臣。日午殿頭宣索膾，隔花催喚打魚人。」「立春日進内園花，紅蕊輕輕嫩淺霞。跪到玉堦猶帶露，一時宣賜與宮娃。」「三面宮城盡夾牆，苑中池水白茫茫。亦從獅子門前入，旋見亭臺遶岸傍。」「離宮別院繞宮城，金板輕敲合鳳笙，夜夜月明花樹底，傍池長有按歌聲。」「御製新翻曲子成，六宮纔唱未知名。盡將觱篥來抄譜，先按君王玉笛聲。」「旋移紅樹斸青苔，宣使龍池再鑿開，展得綵波寬似海，水心樓殿勝蓬萊。」「太虛高閣凌波殿，背倚城牆面枕池。諸院各分娘子位，羊車到處不教知。」「修儀承寵住龍池，掃地焚香日午時，等候大家來院裏，看教鸚鵡念新詩。」「才人出入每相隨，筆硯將行遶曲池，能向彩牋書大字，忽防御製寫新詩。」「六宮官職總新除，宮女安排入畫圖。二十四司分六局，御前頻見錯相呼。」「春風一面曉妝成，偷折花枝傍水行，却被内鑑遥覷見，故將紅豆打黄鶯。」「梨園弟子簇池頭，小樂攜來候燕遊，旋炙銀笙先按拍，海棠花下合梁州。」「殿前排宴賞花開，宮女侵晨探幾回，斜望花開遥舉袖，傳聲先喚近臣來。」「小毬場近曲池頭，宣喚勳臣試打毬。先向畫廊排御幄，管弦聲動立浮油。」「供奉頭籌不敢爭，上棚專喚近臣名。内人酌酒纔宣賜，馬上齊呼萬歲聲。」「殿前宮女總纖腰，初學乘騎怯又嬌，上得馬來纔似走，幾回抛鞚把鞍橋。」「自教宮娥學打毬，玉鞍初跨柳腰柔。上棚知是官家認，遍遍長赢第一籌。」「翔鸞閣外夕陽天，木影花光水接連。望見内家來往處，水門斜過罨樓船。」「内人追逐采蓮時，驚起沙鷗兩岸飛。蘭棹把來齊拍水，並船相鬭濕羅衣。」「新秋女伴各相逢，罨畫船飛別浦中，旋折荷花伴歌舞，夕陽斜照滿衣紅。」「月頭支給買花錢，滿殿宮娥近數千，遇著唱名都不應，含羞走過御床前。」

223 任土作貢，三代而下未之或廢，時有損益而已。高宗建炎三年，始詔除金、銀、匹帛、錢穀，餘悉罷貢。盛德事也。禹貢以來，歷代史志及地理之書，但載土貢之目，而不書其數。惟元豐九域志爲詳。嘗最一歲所貢，凡爲金二十四兩，登一十兩，利五兩，萬、象、融各三兩。麩金五十五兩，金、饒各一十兩，嘉六兩，眉、雅、簡、資各五兩，衡、昌、龍各三兩。銀四百五兩，桂陽、桂各五十兩，鄂、邕各三十兩，邵、賀、封、端、新、康、南恩、梅、容、昭、梧、藤、龔、潯、貴、柳、宜、横、白、廉〔一〇〕、瓊、昌化各一十兩，賓、化、高、鬱林、萬安各五兩。銅鐵一十斤，利。錦三匹，成都。白縠一十匹，襄。隔織一十八匹，泰一十匹，洋八匹。絁七十五匹，汝一十五匹，潁、棣、保定、安肅、陝、威勝各一十匹。花絁一十匹，祁。綜絲絁二十匹，濰。綾一百四十五匹，杭三十匹，蔡、定各二十匹，淄、隨、潤、明、秀、江陵、澧各一十匹，綿五匹。花綾一十匹，兖。白花綾一十匹，梓。綜絲綾一十匹，蓬。雙絲綾一十匹，徐。方紋綾三十匹，開封。仙紋綾五十匹，青三十匹，濰二十匹。樗蒲綾二十匹，遂。蓮綾一十匹，閬。越綾二十匹，越。羅七十匹，真定三十匹，定二十匹，潤、彭各一十匹。花羅六匹，成都。春羅四匹，蜀。單絲羅一十匹，蜀。紗四十匹，相、廬、常、太平各一十匹。方紋紗三十匹，開封。茜緋花紗一十匹，越。輕容紗五匹，越。紬一百四十五匹，洛二十匹，陳、汝各一十五匹，大名、徐、潁、博、雄、永寧、廣信、陝、懷安各一十匹，達五匹。花紬一十匹，大名。綿紬五十匹，簡二十匹，大名一十匹，渠、巴、蓬、忠各五匹。絹六百七十匹，隨、滑、瀛各三十匹，應天、冀、德、濱、衛、深、亳各二十匹〔一一〕，陳一十五匹，密、齊、淮陽、徐、曹、鄆、濮、唐、潁昌、鄭、滄、棣、霸、永静、乾寧、信安、相、邢、趙、保、順安、渭、平定、岢嵐、寧化、保德、宿、海、泗、滁、廬、濠、無爲、臨江、建昌、涪、昌、雲安、南平、韶、循、南雄各一十匹，廣安五匹。班白絹三匹，誠。布一十五匹，鼎一十匹，梅五匹。絲布二十匹，邛一十匹，果一十匹。紵布一百七十五匹，信陵、楚、和、吉、筠、興國、南安、郴、江陵、安、鼎、岳、歸、漢、綿、邵武、英各一十匹，房五匹。白紵布一百六十五匹，舒、湖、虔各二十匹，郢、蘄、黃、常、睦、宣、歙、袁、道、連各一十匹，開五匹。高紵布一十匹，成都。細紵二十匹，揚。斑布一十匹，榮。葛布二百三十五匹，洪、撫、潭各三十匹，蘇二十匹，隨、壽、光、吉、永、全、普、戎、瀘、富順、泉、興化各一十匹，渝五匹。蕉布一十五匹，泉一十匹，潮五匹。紅花蕉布三十匹，福。練七十匹，建五十匹，和、鼎各一十匹。毛毼一十五段，熙一十段，保安五段。紫茸毛毼一十段，涇。綿一千一百兩，齊、潁、莫、衛、趙、婺、處、衢、梁山、泉、興化各一百兩。氈三十領，慶二十領，豐一十領。白氈三十領，鎮戎二十領，恩一十領。紫茸氈四領，慶。鞾氈一十領，京兆。鞾皮二十張，同。獐、鹿皮三百一十張，海三百張，通一十張。鮫魚皮二十六張，台、漳各一十張(三)，温五張，潮一張。龜殼二十枚，廣。水馬二十枚，廣。鼊皮一十張，廣。翡翠毛二十枚，欽。席一百七十領，常三十領，澶、秦、隴、蘇各二十領，京兆、鄜、寧、坊、鳳翔、汾各一十領。蔍席二十領，開封一十領，潁昌一十領。莞席一百領，揚。簟四十一領，永靜、蘄、睦、饒各一十領，澧一領。藤簟二十領，廣。漆器五十事，湖三十事，襄二十事。瓷器三百一十事，河南二百事，耀、越各五十事，邢一十事。石器二十事，登一十事，萊一十事。水晶器一十事，信。藤器二十事，象一十事，賓一十事。藤盤一面，循。藤箱一枚，惠。柳箱一十枚，滄。銅鑑一十面，太原。青銅鑑二十面，揚。火筋五十對，邠。剪刀五十枚，邠。筆一千管，江寧五百管，宣五百管。墨三百枚，兗、潞、絳各一百枚。硯四十枚，虢二十枚，寧、端各一十枚。紙四千張，越、歙、池各一千張，真、温各五百張。雜色牋五百張，成都。蠟燭九百五十條，鳳翔三百條，汀二百條，成、鳳、晉、絳各一百條，階五十條。花蠟燭一百條，鄧。燕脂一十斤，興元。槵子數珠一十串，象。斑竹一十枝，雷。解玉砂一百五十斤，邢一百斤，忻五十斤。金漆三十斤，台。弓弦麻二十斤，坊。鰾膠一十斤，通。甲香二十七斤，漳、惠各一十斤，台、廣各三斤，潮一斤。青一十斤，代。碌一十斤，代。朱砂四斤一兩，沅、容各二十兩，辰一十五兩，黔一十兩。雲母二十斤，兗一十斤，江一十斤。鍾乳四斤八兩，沂三十兩，韶、連各一斤，房十兩。芒硝一十斤〔三〕，峽。空青一十兩，梓。曾青一十兩，梓。禹餘糧一十斤，澤。白石英一十二斤，澤一十斤，梧二斤。紫石英二十斤，沂一十斤，兗一十斤。白石脂一十斤，蘇。水銀三斤二兩，辰三十兩，沅二十兩。石膏二十斤，汾。磁石一十斤，磁。陽起石一十斤，齊。長理石五斤，淄。礜石一十斤，太原。石鷰二百枚，永。白菊花三十斤，鄧。人參三十斤一十兩，太原、潞、澤各一十斤，遼一十兩。天門冬二十斤，果一十斤，普一十斤。甘草二百六十斤，環一百斤，德順五十斤，原、蘭、府各三十斤，岷、太原各一十斤。白朮一十兩，舒。牛膝五十斤，懷。柴胡三十斤，麟、豐、火山各一十斤。車前子一斗，開。乾山蕷一十五斤，明。細辛一十斤，華。石斛一十二斤，壽一十斤，廣二斤。生石斛四十斤，廬二十斤，光、江各一十斤。巴戟一十斤，劍。菴蕑一十斤，寧。芎藭三十斤，秦。黃連五十斤，宣三十斤，處、施各一十斤。蓯蓉六十斤，渭五十斤，保安一十斤。防風七十斤，絳三十斤，單一十五斤，齊、兖各一十斤，淄五斤。五味子五十斤，河中。蛇床子二十五斤，單一十五斤，蘇一十斤。杜若一十斤，峽。葛粉一十斤，信。栝蔞根一十斤，陝。當歸一十斤，威。麻黄二十五斤，開封一十五斤，鄭一十斤。知母一十斤，相。仙靈脾一十斤，沂。紫草五十斤，大名。海藻一十斤，萊。高良薑一十五斤，欽一十斤，朱崖五斤。牡丹皮一十五斤，渝一十斤，合五斤。零陵香二十斤，道一十斤，全一十斤。縮砂二斤，白。白藥子五斤，合。天雄一斤，龍。大黄一百斤，鄜。葶藶子三升，曹。連翹一十斤，黄。續隨子三斤，陵井。荆芥一十斤，寧。羌活一十斤，威。木藥子二百顆，施一百顆，萬一百顆。桂心四十斤，桂二十斤，容二十斤。茯苓三十斤，沂、兖、華各一十斤。伏神五斤，華。酸棗仁三斗，京兆二斗，開封一斗。黄蘗五斤，金。五加皮一十斤，峽。杜仲五斤，金。沈香一十斤，廣。詹糖香二斤，廣。檳榔一千顆，瓊。枳殼一十五斤，商一十斤，金五斤。枳實一十五斤，商一十斤，金五斤。巴豆一斤，眉。紅椒三十斤，黎。買子木二斤，渠。白膠香五斤，金。苦藥子三斤，陵井。紅花五十斤，興元。柏子仁一十斤，陝。地骨皮二十斤，京兆一十斤，虢一十斤。胡粉二十斤，澶一十斤，相一十斤。龍骨一十斤，河中。麝四斤一十一兩，金十兩，均、延、丹、河、通遠、憲、嵐、文各五兩，襄、慶、虢、商、熙、代、茂各三兩，房、忻各二兩〔一四〕。牛黄九兩，密、登、萊各三兩。阿膠七斤一十四兩，鄆六斤，濟三十兩。鹿茸一對，成。羚羊角一十五對，階一十對，龍五對。犀角二株，衡一株，邵一株。蜜三百四十斤，河南路各一百斤，鳳、興各三十斤，晉、隰、石、夔各二十斤。白蜜三十斤，信。蠟四百四十斤，河南、延各一百斤，京兆五十斤，慶、鳳、興各三十斤，隰、石、盧、夔各二十斤，黔、大寧各一十斤。牡蠣一十斤，萊。烏鰂魚骨五斤，明。覆盆二斤，隨。蓽豆一石，邠。粱米一石，孟。茶一百一十斤，南劍。茶末一百斤，潭。茶牙二十斤，南康一十斤，廣德一十斤。碧澗茶牙六百斤，江陵。龍鳳等茶八百二十斤，建。鹽花五十斤，解。棗一萬一千顆，青。榛實一石，鳳翔。漫繫之簡牘，以廣聞見。

校記

〔一〕「又」字原脱，據宋本補。

〔二〕「受」字原脱，據宋本補。按宋史卷四七五，苗、劉之變，隆祐太后垂簾，改元明受。

〔三〕「卓時與羅家争氣，意自不喜出耳」之「氣意」，宋本作「意氣」，則當屬上句讀。

〔四〕「疑」，原作「言」，據宋本改。

〔五〕「不過」，原作「過不」，據宋本乙。

〔六〕「遠」，原作「漢」，據蘇集改（張宗泰已指出，見本書附録）。

〔七〕「卓」，原作「草」，據宋本及王荆文公詩卷二十四何處難忘酒改。

〔八〕「古」字上，宋本有「亘」字。

〔九〕「該」，原作「談」，據宋本改。

〔一〇〕「廉」，原作「廣」，據宋本及元豐九域志改。
〔一一〕「二十四」，原作「一十四」，據元豐九域志改。
〔一二〕「各」，原作「洛」，據宋本改。
〔一三〕「硝」，原作「消」，據宋本改。
〔一四〕「通遠」、「襄」、「號」，原作「適遠」、「衰」、「號」，均據宋本改。

與旹讀書不廣，何敢有所紀述。嘉定屠維單閼之夏，得疾瀕死。既小瘉，無以自娱，而心力弗彊，未敢覃思于窮理之學，因以平日聞見，稍筆之策。初才十餘則。病起，賓客狎至，語有所及，或因而書之，日積月纍，成此編帙。閼逢涒灘之秋，束儋赴戍，因命小史書而藏之笈。年日以老，大學未明，顧爲此戲劇之事，良以自悔，特未能勇決焚棄之耳。録中及近世諸公，或書謚，或書字，或書自號，不得已者，傍注其名。惟事涉君上，則直名之，蓋君前臣名之義云。與旹續記。

賓退録序　一本作後序

何代無文人，何世無佳公子，兼之爲難。以爲善稱，以好禮樂著，固漢宗室之瑞也。然求其大篇短章，見知四明狂客，納交東京才子，宜至唐然後盛。至於行藏出處之際，或得或失，則盛之中又有可恨者焉。惟吾宋德麟，生華屋而身寒士，心明氣肅，文藝亦稱，金枝玉葉中，一人而已。余生晚，不可得而見之矣。及得大梁趙君賓退録，見其包羅今古，抉隱發微，有耆儒碩生所未及，然後知公族未嘗無人；特惜不得升堂叩擊，以聞所未聞爾。及而又見甲午存藁，亦君所吟賦，主以義理之精微，而鑄辭以發之。古律清潤閑遠，不作時世粧；長短句亦不效花間靡麗之光。如「花似於人曾識面，鳥如對客自呼名」；「寒雁挾風過古木，春環帶雨集荒園」。隨物寫形，若留情於外者。然「達人澄此心，肯爲萬法起？眼看聲色塵，不直一杯水」，則反求諸内，有爲之主者矣。蓋公之學，每以爲己先之，故發爲文詞，舍喧而就寂，脱葉（平案：似應作華）而就實。昔東坡先生爲德麟賦秋陽曰：「公子何自知秋陽哉？」恐其錮於富貴，不知田野之勤約也。今觀公之詩曰：「粲粲香秔雪不如，新菘況復滿盃盂，侯門肉食紛紛是，有此清奇風味無？」使坡仙見之，當曰：

「公子真知秋陽矣。」余分符章貢，君之子孟適來爲宰。余嘗薦之於朝曰：「有儒生廉謹之風，無公子貴驕之習。」蓋紀實也。一日出示二畫，又以甲午存藁請爲之序。繙閲之久，又知宰之所以爲宰者，有所自傳也。因不復辭，遂書所見以與之。君諱與旹，字德行，嘗

從慈湖先生問學。寶祐五年臘月朔，千峯陳宗禮書於崆峒小院。一本作崆峒山。

附録一

何焯賓退録批語(據周叔弢傳寫本迻録)

卷一

詩眼條晏詞「緑楊芳草長亭路，年少抛人容易去」，批云：此「年少」字亦虚用。

蘭亭石刻條末，批云：危太僕云：「金人陷維揚，裹以去，金主怒，棄之河中。」此説又不知何自得之，又前人所未有也。

林靈素條「胡僧放」下批云：放，是放罪。　又此條末批云：與宋史所載多不合。

神仙赤松子條末批云：誦，讀如容，北方讀松亦如容也。

平案：今北方音，松、誦相近，無讀容者，疑何説未確。

晁伯宇條引陸詩後批云：務觀傷其君顧出孫氏下，反言之耳。

韓文公紀夢詩條末批云：此説得之。

州縣治率南面條批云：包咸論語注云：「可使南面者，言任諸侯之治。」何謂人臣不得用！

章貢志條批云：章貢志之誤，本於酈道元水經注。酈云：「贛水又北徑南昌縣城西，於春秋屬楚，即令尹子蕩師於豫章者也。秦以爲廬江南部。漢高祖六年始命灌嬰以爲豫章郡治，此即灌嬰所築也。」酈書「灌」字未必非傳寫之誤，作志者又節「廬江南部」爲「江南」，彌憒憒耳！駒父，山谷外甥，何以不加詳考耶？又此條末批云：陳嬰誤灌，可爲城隍故事。

卷二

范沖嘗對高宗條，徐思叔詩末批云：如此翻案，近情而雅。

萬里鑾輿條批云：中州集第七卷有麾詩七首，嘗以校書郎入教宮掖云。

梁武帝命袁昂作書評條「吴施」上批云：庾肩吾書品：「施、吴，鄴下同年拔萃。」謂吴休尚、施方泰也。此云吴施，即其人，人微故但舉其氏。

卷三

熙寧中華山圮條「樹稼」上批云：即霿淞耳。今北人又訛爲「樹挂」，以爲豐年之祥云。

故人楊晉翁條批云：今日京官無紗朝衣，唯經由外省試差者乃有之，當以是耶。

王孝先條下批云：王子明本謚文貞。

平案：諸書但言王旦謚文正，獨賓退録著其初謚文貞，後以避宋仁宗趙禎嫌名改謚文正，故何氏特識之耳。又陸游跋蘇丞相手澤亦作「王文貞公旦」，更在賓退録前。

近歲金虜條「粘罕名宗維」上批云：按金史，粘罕名宗翰。

卷四

班孟堅作揚雄傳條批云：乃用子雲自叙，非傳之變體也。韓碑恐不本於此。

容齋續筆記酒令條「周文忠謂醉翁亭記」云云，旁批云：見本集。

平案：此「本集」當指歐集，遍查周益國文忠公集無與九射格相關文字。

先鑑堂朝野遺事條「次輔均勞矣」批云：罷相爲「均勞」。

開禧丙寅條宗杲自謂東坡後身批云：若是後身，則已轉輪矣，何事復脩供耶？

卷五

吴虎臣漫録條「武后改易新字」批云：埊字見管子，恧字見論語釋文，圀字見玉篇，非皆武后所造。

戰國策條末批云：録中此條爲最善，出草廬吴氏之先也。

卷六

路德延條末批云：言養和與屏風作伴，不誤也。

曾端伯條「自言『向來一瓣香，敬爲曾南豐』」批云：南豐瓣香，自指經學與古文，若詩則豫章公不去口也。　又「稗官小説則有類説」上批云：端父類説首卷爲仇池筆記，今抄本皆非本書，汲古毛氏尚有宋槧本一册。

卷七

北齊源師攝祠部條末批云：朱新仲説又與此不同。

平案：新仲名昱，其猗覺寮雜記上略謂「牧之阿房賦：『複道横空，未雩何龍？』議者謂龍星也，非真龍也，不可比複道。吾謂凡物之生於下者，皆有星主乎上。雩，爾雅注：『吁嗟請雨。』雨，龍所司也。龍星雖非真龍，然所主龍也。故請雨則以其夏見之時。又爾雅：『蝃蝀謂之雩。』蝃蝀，虹也。以比横空複道，又何害？」附録於此，以備參證。

知欽州林千之條批云：三國志程昱嘗食人。又批云：五代史中趙思綰亦食人肉，不惟從簡也。

漢建安二十四年條末批云：晉書中亦通謂學佛者爲道士。

卷八

洪文敏著夷堅志條「初周説九百四十三篇」下批云：宋本洪序無「初」字。

平案：今賓退録引作「虞初周説九百四十三篇」，則當有「初」字。何所批者明抄本也。

余首卷辨王建宫詞條「蜂鬚蟬翅」一首旁批云：見百家選。又此條末批云：今所傳仲初集中，止有「紅燈睡裏」以下三篇。

唐李昌符婢僕詩條批云：見北夢瑣言。

州縣城隍廟條「蕪湖城隍祠建於吴赤烏二年」批云：此説似不可信。又云：吴郡志，春申君廟在子城内西南隅，即城隍神廟也。通典引鮑至南雍州記有云：「南陽城内見有蕭相國廟，相傳爲城隍神。」附志以廣舊聞。

律文罪雖甚重條末批云：此放翁語。

卷九

詩「誕彌厥月」條末批云：疑齊、魯、韓詁「誕」字如此。

葛常之韻語陽秋條「唐書樂志云五弦如琵琶而小」旁批云：白樂天秦中吟有五弦彈一篇。

夷堅支乙條末批云：此唐、宋律詩粗細之判。

韓子蒼云韋蘇州條「白居易自中書舍人出守吴門應物罷郡」下小注「西掖今來替左

司」上批云：此詩記詩名足以相代，非韋、白交承也。又小注「見劉禹錫大和六年爲蘇州刺史舉官自代狀」上批云：夢得所舉以自代，蓋別一人，觀狀中不言其曾任是官，可以見其非矣。

卷十

臧哀伯條末批云：若□□殷頑之是非，則不稱於後世矣。

古今詠史詩條上批：如此惡詩，何以載爲？

首卷言王平甫條末批云：遠非仲初之匹。

附録二

王澍淳化秘閣法帖考正卷五

黄長睿云：「梁武帝評書乃命袁昂作者，梁武帝下當有『敕袁昂』三字。此云梁武帝評書，誤矣。」按，武帝自有書評，自鍾繇至薄紹之，凡三十二人。其敕袁昂評者，自右軍至李斯，凡二十五人；又答啓有鍾繇、蕭思話、薄紹之三人，共二十八人。智果此書，乃兼采兩家語，目爲梁武與目爲袁昂，所謂楚則失矣，齊亦未爲得者也。長睿豈未之深考耶！

梁武帝評書凡三十二人，此帖存者，王僧虔、王子敬、羊欣、阮研、徐淮南、陶隱居、吴施、王羲之、蔡邕、程曠平、蕭思話、李鎮東、范懷約、孔琳之、李巖之、薄紹之、鍾會、張伯英、鍾繇，凡一十九人。袁昂評書共二十八人，此帖存者，王子敬、羊欣、阮研、王儀同、殷均、徐淮南、陶隱居、曹喜、王右軍、蔡邕、皇象、崔子玉、鍾會、邯鄲淳、師宜官、梁鵠、張伯英、衛恒、索靖、鍾繇、蕭思話、薄紹之，凡二十二人。中間同者一十二人，彼此俱無者，柳産、桓玄、程邈三人，重見者曹喜一人，則於袁昂評所存僅十八人耳。各人評語，皆主梁武，而參錯袁昂，益知長睿前鑒之誤。

王僧虔書，梁武作「如王、謝家子弟」，無「揚州」二字。末云「皆有一種風流氣骨」，此但作「風氣」。袁評闕。王子敬書，梁評有「絶衆超羣，無人可擬」八字，此帖無之。「皆悉充悦」，此帖「皆」下無「悉」字。袁評作「河洛間少年，雖皆充悦」，此作「河朔」，「皆」上無「雖」字。羊欣書，與梁評同，惟以「如」作「似」。袁評作「如大家婢爲夫人，雖處其位」，此以「如」作「似」，以「爲」作「作」，又無「大家」「雖處其位」六字。阮研書，「品」下多「次」字，「排斥」作「排突」。袁評，「品次」下有「叢悴」二字，此帖無之。王儀同書，梁評闕，袁評同。殷鈞書，梁評闕，袁作「鈞」，此作「均」。「高麗使人」，此無「使」字。「甚有意氣」，此作「乃不有意氣」。「滋韻終乏精味」，此作「而姿顔自足精味」。徐淮南書，梁評同，但此以「殊不寒乞」作「然不寒乞」。袁評作「徒好尚風範，終不免寒乞」。陶隱居書，梁評同，惟「狀」下有「雖」字。袁評「形狀」作「形容」，「峭快」作「駿快」。吴施書，梁作「施」，此作「拖」。梁評作「一往見」，此無「見」字。袁評闕。柳産，梁、袁評皆闕。曹喜書，梁評闕，袁評同，此惟以「道人」作「道士」。王右軍書，梁評同，此惟以「雄逸」作「雄强」。袁評作「如王、謝家子弟，縱復不端正者，爽爽有一種風氣」，此全異。蔡邕書，梁評同，袁評末句無「如」「力」二字，大觀止一「爽」字。程曠平書，梁評「如鴻鵠高飛」，此無

「高飛」二字。「弄翅頡頏」，此多「布置」二字。「又如輕雲忽散，乍見白日」，此作「初雲之見白日」。袁評闕。蕭思話書，梁評同，袁評闕。李鎮東書，梁評同，惟「芙蓉」下少「之」字，「文彩」下少「如」字。袁評闕。桓玄書，梁、袁皆闕。范懷約書，梁評「真書有力，而草行無功」。此以「力」誤作「分」，「而草行」三字但作「草書」二字。袁評闕。皇象書，梁評闕。袁作「如歌聲繞梁，琴人捨徽」。此作「韻音繞梁，孤飛獨舞」。孔琳之、李巖之、薄紹之書，梁評皆同。袁評孔、李皆闕，薄紹之全異。秦獄吏程邈、扶風曹喜，梁、袁皆闕。鍾司徒書，梁作「書有十二意外奇妙」，此「十二」下多「種」字，「奇妙」作「巧妙」，末有「絶倫多奇」四字。袁評「巧妙」作「殊妙」，「絶倫多奇」作「實亦多奇」。崔子玉書，梁評闕，袁評同，此以「一枝」爲「單枝」，末少「有絶望之意」五字。邯鄲淳書，梁評闕。袁評同。師宜官書，梁、袁評同，惟袁以「鵬羽」作「鵬翔」，「翩翩」下多「而」字。梁鵠書，梁評闕。袁評作「如太祖忘寢，觀之喪目」，此全異。張伯英書，梁、袁皆同，惟梁作「漢武」，袁作「漢武帝」，此但作「武帝」。衛恒書，梁評闕，袁評作「插花美女」，此作「插花舞女」。袁評「舞笑鏡臺」，此作「援鏡笑春」，「鏡」字避宋諱，少末一鈎，大觀全。索靖書，梁、袁評同，「静」當作「靖」，「静」「靖」古通用。鍾繇書，梁評同。此以「雲鵠」作「雲鶴」，「過」下增「耶」字。袁評作「意氣密麗，若飛鴻戲海，舞鶴遊天」，餘同梁。

平案：王氏爲清初書家，考訂精核。賓退録卷二有梁武帝命袁昂作書評條，得此可以參證。

張宗泰魯巖所學集卷七

書趙與旹賓退録卷二、三後

自古有國家者，有以吕易嬴、牛繼馬後之説。不韋之事，載在史記，證據鑿然，無可疑者。若小吏牛金之説，則沈休文所造作，其事在疑似之間，乃遽執爲司馬氏國祚中絶之證，則失之率易矣。

又謂張魏公精忠大節，故苗、劉之計終不行；袁盎非真長者，故卒見刺於後至之客，歎爲天理之不誣。其論亦未爲盡然也。蜀之費禕，武侯稱其志慮忠純，而爲魏降人郭循所刺；武元衡秉正嫉邪，裴晉公碩德重望，而元衡死於李師道之客，晉公亦幾殞其生命。元之察罕帖木兒，才優幹濟，其定河北，平山東，復陝州、汴梁，大功刻期可就，而忽爲降人田豐所刺。知此事亦有幸有不幸，而非盡可以德器之優絀論也。

書賓退録卷四後

録謂張巨山𡺸，爲秦檜作自解之表，有「伊尹告成湯，德無常師」。又云：「陳力就列，當遵孔聖之訓。」誤以周任爲孔子，太甲爲成湯，爲人士所譏。而劉克莊後村詩話尚有一事合附此條之下：高文虎作西湖放生池記，以鳥獸魚鼈咸若爲商王事，太學諸生爲詎詞哂其誤。陳晦行史集賢制，用「昆命元龜」事，閩帥倪侍駁論之。陳槼疏援引唐人及本朝命相，皆用此語。史擢陳臺諫，劾倪削秩罷去。或爲一聯云：「舍人舊錯夏商鼈，御史新争舜禹龜。」此與前一條當以類相從也。

書賓退録卷七後

謂婦人統兵，世但知有平陽公主，而不知晉王廞討王國寶，以其女爲貞烈將軍，訖爲能搜索異聞。其實此等事之見於傳記者尚多有之。如近代人輯蘭閨寶録所載：晉張茂爲沈充所害，其妻陸氏，率茂部曲爲先登以討充。劉遐爲石季龍所圍，其妻邵氏，將數騎拔遐於萬衆之中。梁高州刺史李遷仕反，馮寶妻冼氏，將千餘人擊之，大捷。唐天寶末，史思明叛亂，衛州侯氏、滑州唐氏、青州王氏，各率團練鄉兵，赴行營討賊。黄巢之亂，英德虞氏，躬擐甲胄，率昆弟及鄉兵迎戰，賊敗北。宋紹定間，寇破甯化，晏氏召田丁，勉之以義，田丁感激思奮，乃自撾鼓，使諸婢鳴金以作其氣，賊遂敗退。古今以婦女統兵，似此者尚不可枚舉。兹特録其大略，以補趙氏所未備焉。

書賓退録卷十後

「晉張輔云：『司馬遷叙三千年事，惟五十萬言；班固叙二百年事，乃八十萬言，以此爲遷固優劣。』殊不思子長追述上世，故不得而詳；孟堅紀録近事，有不容於略。春秋傳所謂所見異辭，所聞異辭，所傳聞異辭，正謂是也。」按趙與旹所引「所見異辭」云云，於上文殊不相比附。若引桓公十四年穀梁傳曰：「聽遠音者，聞其疾而不聞其舒；望遠者，察其貌而不察其形。」故子長記春秋以前事，不得不從其略。引王充論衡曰：「宅舍多，土地不得小；户口衆，簿籍不得少。」故孟堅記西漢一代事，不得不從其詳。如此釋史、漢所以繁簡不同之故，便令讀者心目瞭然矣。

賓退録總跋

卷二云：長樂遨器之陶孫，「遨」當作「敖」。卷三云：木稼，稼字不可通，特介聲之訛。按介、稼聲相近，故木介亦可作木稼，而非誤也。卷四云：徐邈「中聖人」，三國志既無音，未可懸斷爲平聲。按太白贈孟浩然詩：「醉月頻中聖。」則固作平聲用矣。卷五云：唐張鷟號浮休子，張芸叟蓋襲其名。按，「其生兮若浮，其死兮若休」，張鷟又本賈誼鵩鳥賦。卷六云：路德延孩兒詩：「甘羅作相年。」按史記甘茂傳，但云甘羅封爲上卿，云作相者，無稽之談也。又吾族人趙紫芝師秀僅脱選而卒。按，師秀登紹熙元年進士，浮沉州縣，終於高安推官，則非僅脱選而卒者。而與旹記其族人事，又不應有誤，疑莫能明也。卷九云：元亨中，命工云云。按，唐代年號無元亨，恐或是元和之誤。又韓致光香奩集，按劉向列仙傳：偓佺仙人，堯從而問道，則偓字致堯，爲有取義，作「致光」者失之。卷十云：峯多巧障日，江漢欲浮天。按坡詩是「江遠欲浮天」。漢字當改正也。

余嘉錫四庫提要辨證集部

韋蘇州集十卷，唐韋應物撰。應物，京兆人，新舊唐書俱無傳。宋姚寬西溪叢語載吴興沈作喆爲作補傳，稱應物少游太學，當開元、天寶間充宿衛，扈從游幸，頗任俠負氣；兵亂後，流落失職，乃更折節讀書，由京兆功曹累官至蘇州刺史、太僕少卿、兼御史中丞；爲諸道鹽鐵轉運、江淮留後，年九十餘，不知其所終。先是嘉祐中，王欽臣校定其集，有序一首，述應物事迹，與補傳皆合；惟云以集中及時人所稱，推其仕宦本末，疑止於蘇州刺史。考劉禹錫集有蘇州舉韋中丞自代狀，則欽臣爲疎略矣。

嘉錫案：姚寬西溪叢語雖嘗考訂韋應物事迹，在卷下。但並未載沈作喆補傳，其文實載於趙與旹賓退録卷九，明刊本韋蘇州集多附刻焉，提要蓋從明本見之，而誤以爲叢語也。賓退録載有作喆自注，舉其出處甚詳，自蘇州刺史以前，皆據集中之詩；至稱其大和中以太僕少卿兼御史中丞，爲諸道鹽鐵轉運、江淮留後，年九十餘，則本之於劉禹錫蘇州舉韋中丞自代狀。見劉夢得文集卷二十二，題下注云大和六年十二月九日，又見劉賓客文集卷十七。傳末有子沈子曰：「昔應物當開元、天寶宿衛仗内，爲郎、刺史於建中，以迄貞元，而文宗大和中劉禹錫乃以故官舉之，計其年九十餘，而猶領轉輸劇職，應物何壽而康也！然自吴郡以後，不復有詩文見於録者，豈亡之耶？使應物而無死，其所爲不當止此。以應物爲終於吴郡之後，則禹錫之所舉，老猶無恙也，蓋不可得而考也。」則作喆已自疑之矣。故姚寬考應物歷官年歲，雖多與補傳相合，而其末云：「至爲蘇州刺史，計其年五十餘，以集中事及時人所稱，考其仕官如此，得非遂止於蘇耶？」則仍是王欽臣之説，寬蓋不信應物大和間尚在也。苕溪漁隱叢話前集卷十五：「蔡寬夫詩話云：蘇州詩律深妙，白樂天輩固皆尊稱之，而行事略不見唐史爲可恨。劉禹錫集中有大和六年舉自代一狀。然應物温泉行云：

『北風慘慘投温泉，忽憶先皇巡幸年。身騎廄馬引天仗，直至華清列御前。』則嘗逮事天寶間也，不應猶及大和，恐別是一人，或集之誤。」賓退録卷九引葉石林南宮詩話，與此全同，自注云：「南宮詩話，世誤傳蔡寬夫作。」苕溪漁隱曰：「蘇州集有燕李録事詩云：『與君十五侍皇闈，曉拂爐烟上玉墀。』又温泉行云：『出身天寶今幾年，頑鈍如鎚命如紙。』余以編年通載考之，天寶元年至大和六年，計九十一年。應物於天寶間已年十五，案姚寬據應物京師叛亂寄諸弟詩「弱冠遭世亂，二紀猶未平」，謂天寶十五載，應物年二十。及有出身之語，不應能至大和間也。蔡寬夫云劉禹錫所舉別是一人，可以無疑矣。」是則韋中丞之非韋蘇州，宋人早有定論，提要猶摭拾棄餘，反以王欽臣爲疎略，何其不考之甚也。錢大昕十駕齋養新録卷十二云：「韋應物，貞元二年由左司郎中出爲蘇州刺史，而劉禹錫集中有大和六年除蘇州舉韋應物自代狀。宋葉少藴、此據賓退録所引之南宮詩話。胡元任，已疑其非一人，而沈作喆撰韋傳，合而一之，篇末雖亦有疑詞，而終未敢決。近世陳少章景雲據白樂天於元和中謫江州後貽書元微之，於文盛稱韋蘇州詩，又言當蘇州在時，人亦未甚愛重，必待身後，人始貴之，則是時蘇州已殁，而劉狀又在此書十年以後，則其所舉，必別是一人矣。樂天守蘇日，夢得以詩酬之云：『蘇州刺史例能詩，西掖今來替左司。』言白之詩名足繼左司耳，非謂實代其任也。沈傳謂貞元二年補外得蘇州刺史，久之，白居易自中書舍人出守吴門，應物罷郡，寓郡之永定佛寺，則誤甚矣。白公出守在長慶間，距貞元初垂四十年，豈有與韋交代之理乎？」原注云：大昕案，樂天刺蘇州，在寶曆元年，陳以爲在長慶間，亦誤。今按陳景雲所引之白樂天與元微之書，見舊唐書白居易傳，白氏長慶集卷四十五題作與元九書。沈作喆補傳稱白居易嘗語元稹曰：「韋蘇州歌行，才麗之外，深得諷諫之意。而五言尤爲高遠雅淡，自成一家。」其言即出於此書。南宮詩話即蔡寬夫詩話所謂「蘇州詩律深妙，白樂天輩皆尊稱之」者，亦指此書言之也。乃於其下文「蘇州在時，人亦未甚愛重，必待身後，人始貴之」數語，慢不留意，直至景雲，始用以斷蘇州之卒年，考證之學，後密於前，往往如此。然亦視其學識何如耳，若提要此篇所考，則並不及宋人矣。余又案白氏長慶集卷六十八吴郡詩石記云：「貞元初，韋應物牧蘇州。」補傳以爲貞元二年，蓋爲近之，賓退録作三年，恐是傳刻之誤。其罷郡不知在何年。考舊唐書德宗紀云：「貞元四年秋七月乙亥，以蘇州刺史孫晟爲桂州刺史、桂管觀察使。」唐書宰相世系表：「孫逖子成，字思退，桂州刺史、中丞、樂安孝男」，當即此人。元和姓纂卷四云：「成，桂府觀察，兼中丞。」孫晟蓋即代應物者，則應物治蘇，不過一二年，即已去官，安得遲至寶曆初與白居易相交代耶？應物罷郡後，有寓居永定精舍、題下原注云蘇州。永定寺喜辟强夜至、野居數篇，均見本集卷八。此後蹤跡不復見於詩，疑其不久即卒，故唐書宰相世系表及元和姓纂卷二叙其仕履，止於蘇州刺史。李觀集卷四上蘇州韋使君書亦只稱爲郎中，其未嘗兼御史中丞，尤未爲鹽鐵轉運、江淮留後，亦明矣。王欽臣序所言，確不可易，余故詳考之，以與陳氏之説相爲輔翼云。

陳沆詩比興箋卷三韋應物詩箋

韋詩何必箋？爲辨宋吴興沈作喆補傳新舊唐書之傳，而實則大繆也：爲唐有兩韋應物，一盛唐，一中唐，沈氏誤合爲一人，至使後人據李觀文集所譏褊躁之韋應物指爲左司，編韋詩者，亦遂皆入之中唐，何以知人論世，故辨之而箋也。韋公詩集終於蘇州，自罷守以後，更無一字，蓋不久旋卒。故唐人稱之者，但曰韋左司、韋蘇州，此卒於貞元初年之明證。若如沈氏補傳，去蘇以後，尚爲太僕寺卿、兼御史中丞，爲諸道鹽鐵轉運、江淮留後，何以集中一字不及？且沈氏所據者，以劉禹錫贈白居易詩云：「蘇州刺史例能詩，西掖今來替左司。」遂謂韋以貞元二年補外得蘇州刺史，久之，白居易自中書舍人出守吴門，應物罷郡，二人相爲交代。又據劉禹錫集中，有大和六年除蘇州，舉中丞韋應物自代狀，遂謂後此復爲御史中丞。不知白之刺蘇，在敬宗寶曆元年，去貞元初凡四十載，豈有韋守蘇州，久至四紀之理！樂天元和中謫江州時，與元微之書已云：「韋蘇州詩，當其在時，人未甚愛重；必待身後，人始貴之。」此韋已久殁之證。其云「幸有文章替左司」者，蓋言詩名足與相繼，非前後任交代之謂也。況劉之舉狀，又在是書十年以後，尚得謂是一人乎？且韋公生於開元，仕於天寶，屢見於詩，如云：「建中即藩守，天寶爲侍臣。」如云：「出身天寶今幾年。」「忽憶先皇游幸年。」如云：「與君十五侍皇闈，雪下驪山沐浴時。」又建宗（平案：當作建中）四載寄諸弟詩云：「弱冠逢世難，二紀猶未平。」又云：「少事武皇帝，無賴恃恩私。」此皆在天寶末年已弱冠之證。若七十載而至寶曆元年與樂天交代，則已九十餘歲矣。肅宗七年，代宗十七年，德宗二十六年，順宗一年，憲宗十五年，穆宗四年。再踰八載，而至文宗太和六年爲禹錫所舉，則已百歲矣，後此尚有鹽鐵轉運、江淮留後之任，不在百餘歲外乎？沈氏亦知其難通，乃臆造爲年九十餘歲，不知所終之説，遁詞顯然。故宋嘉祐中王欽臣校定韋集序云：「以詩中及時人所稱，推其仕宦本末，疑止於蘇州刺史。」可謂要言不煩。而紀文達作四庫書目，反據沈傳以駁其疏略，且引李觀集中上應物書，深譏其褊躁。夫韋以貞元二年刺蘇，不久罷歸，尋卒。而李觀貞元八年，始舉進士，豈及見韋公而上書譏之哉？以沖澹近道，朱子語録高潔寡欲李肇國史補之左司，而以與褊躁無文之鹽鐵轉運、江淮留後合爲一人，不幾於殺人之曾參、亂齊之宰我乎！唐有兩王維、王縉，亦爲瑯琊王方則之孫，亦兄弟二人，見唐書列傳。兩陳子昂，一爲大曆中畫人，見段成式京洛寺塔記。皆異時同名。而錢大昕養新録則並謂有兩劉眘虛同時，一爲詩人，舉宏詞科，行大；一爲劉知幾之子迅，善史學，行五。今以時代、官閥、文章、性情邈不相涉之人，而强薰蕕使同器，且以盛唐沖遠之音，而編於元和、長慶間，亦何以徵詩教之升降，心聲之本末乎？後之選唐詩者，宜列韋於盛唐，以正誤列中唐之失。

平案：本書卷九引録沈作喆補韋應物傳，清人陳景雲、錢大昕、陳沆均有所駁正，尤以近人余嘉錫辨證爲詳。陳、錢説已爲余氏所徵引，故今但録余氏辨證及陳氏詩箋，以供參考。韋應物行年，得此可以論定，庶免疑誤讀者。

又案：清人辨韋應物之行年事迹者，當以王士禛爲最早之一人。其漁洋詩話有一則略云：「應物爲蘇州刺史，在貞元之初。其後又有韋夏卿在貞元十年，韋覬在元和時。李觀元賓集中，有代人上韋蘇州二書，每疑其暴戾恣横，不類左司所爲。觀元和中人（平案：李觀卒于貞元十年，未嘗及元和，見韓愈李元賓墓銘，此誤），與左司無涉，此不可不辨也。乾元中又有韋黄裳、韋之晉；大中時又有韋某，誌失名。所稱韋蘇州，蓋不下六七人矣，人但知有左司耳。」案此所舉韋姓爲蘇州刺史諸人中，與李觀生世相接者惟應物及夏卿二人，則李觀代人上書之韋蘇州，非此二人莫屬；然二人皆賢者，不能確定其究指何人，闕疑可也。至陳沆謂唐有兩韋應物，同姓同名，又同典一郡，似無如此巧合之事，且無徵不信，似未可從。

附録三

四庫全書總目・子部・雜家類二

賓退録十卷

宋趙與旹撰。與旹字行之，案寶祐五年陳崇禮作是書序，稱其字曰德行，與墓誌銘不同，或有兩字，亦未可知，謹附識於此。以宋史宗室世系考之，蓋太祖七世孫也。宋史無傳，志乘亦不載其名，惟趙孟堅彝齋文編有從伯故麗水丞趙公墓銘曰：有宋通直趙君行之之墓，在安吉州歸安縣鄉山之原。君以敏悟之資，秀出璇源，方弱冠已薦取應舉。寧考登寶位，補官，右選調管庫之任，於婺、於泰、於衢者三。又監御前軍器所，司行在草料場。跕踔西階，逾三十年，未嘗一日忘科舉業也。故自丁卯迄乙卯，以鎖廳舉而試者亦三，春闈率不偶，積階至忠翊。今上皇帝賚賜，予换文階。舊制：宗姓换階，視見服官品，忠翊則應得京秩。新制裁革，回視初薦，僅循從事丞，處之麗水。君平昔游際貴達，方將汲引，而君疾不可復起矣。年五十七，紹定四年十一月終。上章告謝，尋通直命下，弗之覿也。云云。其叙與旹生平最詳。惟墓誌銘之首，稱其子孟珏乞銘於某，以丙戌進士同登，則與旹當爲理宗寶慶二年進士，而乃稱其春闈不偶，殆與孟珏同登進士歟？案孟堅亦非丙戌進士。此文下注「代作」二字，當爲所代之人也。是書前後皆有與旹題識。前題不署年月，稱平生聞見所及，喜爲客誦之，賓退或筆於牘，故命以賓退録。後題稱閼逢涒灘，蓋成於嘉定十七年甲申也。陳崇禮（平案：陳名宗禮，字立之，宋史卷四二一有傳。自提要誤後，各家多沿其誤）序稱其從慈湖先生問學，蓋楊簡之門人。然書中惟論詩多涉迂謬，於吟咏之事，茫然未解；至於考證經史，辨析典故，則精核者十之六七，可爲夢溪筆談及容齋隨筆之續。觀其於王建及花蕊夫人宮詞，前後再見，並自糾初考之未詳，知其刻意參稽，與年俱進。前乎是者，有鄭康成之注禮注詩，後説不遷就前説；後乎是者，有閻若璩之尚書古文疏證，後説能訂正前説。得失並存，愈見其所學之加密。蓋惟不自是，所以能歸於是也。視宋人之務自回護，違心而争勝負者，其識趣相去遠矣。

周中孚鄭堂讀書記卷五十四

賓退録十卷，存悔堂刊本。宋趙與旹撰，與旹字行之，太祖九世孫也。寶慶二年進士，官麗水丞，遷通直郎。四庫全書著録。宋志及宋志補俱不載，焦氏經籍志小説家始載之。前有自序稱：「余里居待次，賓客日相過，平生聞見所及，喜爲客誦之。意之所至，賓退或筆於牘。閲日滋久，不覺盈軸。因稍稍傅益，析爲十卷，而題以賓退録云。」後有嘉定甲申續記，知其書成於是年也。行之受學於楊慈湖，文藝非其所長，故是編論詩多迂謬。即開卷第一則論王建宫詞，亦自知糾正於末卷也。至於辨論經史，多有證據；雜記掌故，皆屬實録；雖卷帙不及容齋五筆之宏富，而精核則固與之並矣。説郛僅節録一卷，便不足觀。考提要所載本有陳崇禮序，是本前後俱無重刊序板，殆佚脱爾。

楊繼振藏影抄宋本賓退録跋

宋趙與旹賓退録一十卷，它書多所稱引，汲古書目亦列之。予求之十年，迄未一見。此本爲扶南□氏從朱竹垞家宋本影鈔，最後有「臨安府睦親坊陳氏經籍鋪印」一行，知爲南宋舊刻。中闕一葉，義門先生借毛本補足之，並手訂數十條，附書其上，匡正趙氏之所未逮，厥功非細。古人一觀一覽，不欲輕用其心，即處具見學力如此。予齋向收先生手批陳迦陵四六集，甚爲珍祕，得此知有美必合，亦以補插架之所未備，幸何如之。丁巳八月憩京邸星鳳堂，霽月擬晝，重淥罥檐，一籟不吟，兀坐如定，不覺此身之在朔漠，彷彿江南四月時也。繼振記。

平案：楊繼振字幼雲。其父鍾祥，漢軍鑲黄旗人，嘉慶進士，道光間累官閩浙總督，後爲河東河道總督。繼振好藏書，抄本紅樓夢稿即其舊藏者。

王國維校賓退録

卷首

賓退録十卷，乾隆壬申存恕堂依宋本刊，世號善本，然誤字亦時有之。辛亥正月，假唐風樓明鈔本校勘一過。明鈔卷十後有正德四年八月日鞏昌府刊一行，遇廟號皆空一格，蓋出明覆宋本，謬誤甚多，而佳處亦稱之。兹筆鈔本是者於字旁，其可兩通者亦録之。宣統改元之三年收燈日海寧王國維記。

越十一年壬戌用宋刊本校，宋本惟闕卷十末六葉，并記。

卷末

宣統辛亥曾以明鈔本校此本，書中朱筆是也。此次校宋本用墨筆，凡宋本與明鈔本同者，即以墨筆蓋於朱筆之上，其明鈔誤者乙之。并記。

繆荃孫對雨樓刊賓退録跋

賓退録十卷，宋趙與旹撰。與旹字行之，太祖七世孫，宋史無傳。提要據彝齋文録所撰墓銘，藉知仕履。前後皆有與旹題識。前題不署年月，稱平生聞見所及，喜爲客誦之，賓退或筆於牘，故命以賓退録。後題稱閼逢涒灘，蓋成於嘉定十七年甲申也。陳崇禮序稱其從慈湖先生問學，蓋楊簡之門人。書中考證經史，辨析典故，則精核者十之六七。可爲夢溪筆談及容齋隨筆之續。提要稱「其於王建及花蕊夫人宫詞，前後再見，（中略）其識趣相去遠矣。」可謂推崇甚至。如洪文惠夷堅志三十一序，沈補韋應物小傳，亦藉此以傳梗概，宋人雜説之最佳者。前有學海類編本，單刻四卷本，均似删節。乾隆壬申存恕堂仿宋刊本，每行多一字。此本出自宋刊本，卷十末葉有「臨安府睦親坊南陳宅經籍（鋪）印」一行。前藏璜川吴氏，後藏諸城劉氏，書籤亦劉燕庭手題，並鈔陳崇禮序，爲存恕堂所無。前序分書，則蔣西圃所摹。今存恕堂本亦不易見，故摹印以傳之。以存恕堂本校正數訛字，似較完善。江陰繆荃孫識。

傅增湘據宋書棚本校賓退録序

南宋書棚本賓退録十卷，半葉十行，行十八字，白口，左右雙線。板心魚尾上記字數，魚尾下題書名幾。前序行楷大字，半葉五行，行七字，後序行款同。本書書中語涉宋帝空格，徵、朗、匡、貞、恒、桓、慎、敦，皆爲字不成。軒轅亦缺筆。收藏有「張氏子昭」、墨印。「古杭光霽周緒子一書」「光霽家藏」「子一緒光霽」「快閣主人」「文石讀書臺」「文石」各印。後序末有「元統二年八月日重裝於樂志齋，吴下張雯」墨迹二行。周緒亦元人，竢考。張雯即子昭，草窗韻語有其跋語，爲至正十年，則在此後十五年矣。是書行世者，有學海類編本，有乾隆存如堂仿宋本，對雨樓新刊本，皆翻宋刻。然存如本不空格，行數不免參差，字句亦有奪誤。對雨據璜川吴氏影抄棚本入木，訛字頗鮮；然字體悉已改易，宋諱概不缺筆，記葉數改爲長號頭，書名列在魚尾上，尤爲非體，蓋未見宋刊，冥摹臆決，宜其失之遠也。今取存如堂本以校宋本，其脱誤處及字體之不同者，則逕改定之。避忌空缺之字若胡、虜、韃靼等，皆悉填補，以存其真，從事六日而畢。惟卷十尾缺六葉，致失去「睦親坊陳氏經籍鋪印」一行爲足惜耳。

考書棚本傳於後者，多爲唐宋人小集。惟茅亭客話、春渚紀聞及此書相傳有影寫本，而宋刊則各家均未著録。今此書忽出於廠市，洵爲驚人祕笈，因以重值爲蔣君孟蘋收之，俾與草窗韻語并儲，以復五百年前樂志齋之舊觀。而余特留此校本，藏之篋笥，私自展玩，用慰半月以來搜訪之勞，不可謂非厚幸矣。余別藏有明寫本，照正德四年鞏昌府刊本録出，有孫岷自跋語，次第偶有不同，意所從出或别是一本，暇當取以覆勘，庶幾續有匡正乎。辛酉四月初七日江安傅增湘書於藏園食字齋。

平案：傅跋中凡「存恕」皆作「存如」，蓋避其先世諱。

周叔弢傳寫何義門校本賓退録跋

鈔本賓退録，字頗不俗，疑是讀書人手筆。頃見何義門校本，乃知此本從何本出，不獨後二葉損字相同，即原書誤字經義門校正者，此本悉照何校迻寫。陳序末葉或有題記，今偶失之。因手録何校一過，并依李禮南手校本補損字及陳序半葉。何氏第二跋斷爛特甚，顧千里臨校本尚多數字，亦據補之。獨第一跋扶南上原本朱筆塗抹，顧本有「桐城方」三字，未知何據也。戊寅正月初九日弢翁記。

唐宋史料筆記叢刊　書目

隋唐嘉話　朝野僉載
〔唐〕劉餗　〔唐〕張鷟

明皇雜録　東觀奏記
〔唐〕鄭處誨　〔唐〕裴庭裕

大唐新語
〔唐〕劉肅

唐語林校證
〔宋〕王讜

東齋記事　春明退朝録
〔宋〕范鎮　〔宋〕宋敏求

澠水燕談録　歸田録
〔宋〕王闢之　〔宋〕歐陽脩

龍川略志　龍川別志
〔宋〕蘇轍

東坡志林
〔宋〕蘇軾

默記　燕翼詒謀録
〔宋〕王銍　〔宋〕王栐

涑水記聞
〔宋〕司馬光

東軒筆録
〔宋〕魏泰

青箱雜記
〔宋〕吴處厚

齊東野語
〔宋〕周密

癸辛雜識
〔宋〕周密

邵氏聞見録
〔宋〕邵伯温

邵氏聞見後録
〔宋〕邵博

桯史

〔宋〕岳珂

游宦紀聞　舊聞證誤

〔宋〕張世南　〔宋〕李心傳

鐵圍山叢談

〔宋〕蔡絛

四朝聞見録

〔宋〕葉紹翁

春渚紀聞

〔宋〕何薳

蘆浦筆記

〔宋〕劉昌詩

鶴林玉露

〔宋〕羅大經

湘山野録　續録　玉壺清話

〔宋〕文瑩

泊宅編

〔宋〕方勺

老學庵筆記

〔宋〕陸游

西溪叢語　家世舊聞

〔宋〕姚寬　〔宋〕陸游

石林燕語

〔宋〕葉夢得　〔宋〕宇文紹奕考异

雲麓漫鈔

〔宋〕趙彦衛

鷄肋編

〔宋〕莊綽

清波雜志校注

〔宋〕周煇

建炎以來朝野雜記

〔宋〕李心傳

麟臺故事校證
〔宋〕程俱

師友談記　曲洧舊聞　西塘集耆舊續聞
〔宋〕李廌　〔宋〕朱弁　〔宋〕陳鵠

墨莊漫録　過庭録　可書
〔宋〕張邦基　〔宋〕范公偁　〔宋〕張知甫

侯鯖録　墨客揮犀　續墨客揮犀
〔宋〕趙令畤　〔宋〕彭□輯

北夢瑣言
〔五代〕孫光憲

南部新書
〔宋〕錢易

范成大筆記六種
〔宋〕范成大

容齋隨筆
〔宋〕洪邁

封氏聞見記校注
〔唐〕封演

開元天寶遺事　安禄山事迹
〔五代〕王仁裕　〔唐〕姚汝能

朝野類要
〔宋〕趙升

後山談叢　萍洲可談
〔宋〕陳師道　〔宋〕朱彧

愛日齋叢抄　浩然齋雅談　隨隱漫録
〔宋〕葉寘　〔宋〕周密　〔宋〕陳世崇

蘇氏演義（外三種）
〔唐〕蘇鶚　〔五代〕馬縞　〔唐〕李匡文
〔唐〕李涪

教坊記（外三種）
〔唐〕崔令欽　〔唐〕李德裕　〔唐〕鄭綮
〔唐〕段安節

丁晉公談録（外三種）
〔宋〕潘汝士　〔宋〕夷門君玉
〔宋〕孫升口述　〔宋〕劉延世筆録
〔宋〕孔平仲

奉天録（外三種）
〔唐〕趙元一　〔唐〕佚名　〔南唐〕尉遲偓
〔南唐〕劉崇遠

靖康緗素雜記
〔宋〕黄朝英

夢溪筆談
〔宋〕沈括

愧郯録
〔宋〕岳珂

錢塘遺事校箋考原
〔宋〕劉一清

曾公遺録
〔宋〕曾布

儒林公議
〔宋〕田況

雲溪友議校箋
〔唐〕范攄

嬾真子録校釋
〔宋〕馬永卿

王文正公筆録
〔宋〕王曾

王文正公遺事　清虚雜著三編
〔宋〕王素　〔宋〕王鞏

酉陽雜俎
〔唐〕段成式

新輯實賓録
〔宋〕馬永易

志雅堂雜鈔　雲煙過眼録　澄懷録

〔宋〕周密

大唐傳載（外三種）

不著撰人　〔唐〕張固　〔唐〕李濬　〔唐〕李綽

劉賓客嘉話録

〔唐〕韋絢

唐國史補校注

〔唐〕李肇

唐摭言校證

〔五代〕王定保

賓退録

〔宋〕趙與旹

北户録校箋

〔唐〕段公路　〔唐〕崔龜圖